神様のまち伊勢で茶屋はじめました

梨木れいあ

STARTS
スターツ出版株式会社

古くから栄えるお伊勢《いせ》さんの門前町《もんぜんまち》。
『おはらい町《まち》』と呼ばれるそこの路地裏に、神様たちの休憩所がありました。
若草色の暖簾《のれん》をくぐって中に入ると、
おいしいお茶とお茶請けで迎えてくれるそう。
さてさて今日は、どんなお客さんがやってくるのでしょう——。

目次

神様のまち伊勢で茶屋はじめました

一煎目　はじまりのかぶせ茶

「はい、グレープフルーツね」

店員さんから渡された鮮やかな黄色のグレープフルーツには、緑色のストローがぶっ刺さっている。丸ごとひとつ果物を使ったジュースは、情緒あふれる建物が軒を連ねる石畳の通りと、三月下旬の晴れた空によく映えていた。

スマホのカメラアプリを起動して、レンズを向ける。春っぽくピンク色にしたネイルが写るよう角度を調整しながら、ふと我に返った。

「……傷口に塩を塗りに来たんだっけ」

日本一の神社といわれている『伊勢神宮《いせじんぐう》』。その内宮《ないくう》の門前町である『おはらい町』は飲食店や土産物店がずらりと並ぶ観光スポットだ。春休み期間中の土曜日ということもあり、夕方四時を迎えても家族や友人、恋人と楽しそうに過ごす人であふれている。

注文された果物を目の前でグリグリと搾って、そのまま皮をカップにしたジュースを提供しているここは人気店のようで、列ができていた。

東京《とうきょう》からひとり寂しくやってきて、インスタ映えを狙う二十五歳は周囲の目にどう映るのだろう。

スマホを構えていた右手を下ろしてポケットにしまう。なんでもない顔を繕いながら、左手に持ったグレープフルーツジュースをズズッと吸う。酸味と苦味が口の中に広がるのを感じつつ、私の足は人気《ひとけ》のなさそうな路地裏へと向かっていた。

観光客で賑《にぎ》わうおはらい町とは違い、この辺りは古くからの住宅街のようで静かだ。昔ながらの木造の建物が立ち並んでいる。

「あ、マンホール可愛《かわい》い」

ふと視界に入ったマンホールは地域限定のデザインなのか、浮世絵のようなイラストと【伊勢】という太い文字が入っていた。

しまったばかりのスマホを取り出して、カシャとシャッターボタンを押す。

なかなか上手に撮れた、と自負しつつ、慣れた手つきでメッセージアプリを開こうとして、はたと思い止まった。

完全に無意識だった。六年八カ月の間に染みついた習慣とは恐ろしいものだ。こんな些細《ささい》な日常を伝え合う相手はもういないのに。

「やだやだ、なにしてんだろ本当に」

グレープフルーツジュースをズッと最後まで飲みきり、大きめの独り言で気分を変えてみる。

地面に向けていた視線を上げると、やっぱり空はよく晴れていた。青空の下、趣のある住宅街はアニメにでも出てきそうな風景だ。

「……綺麗《きれい》」

メッセージアプリを開きかけていた指で、再びカメラアプリを起動する。今度は誰かに送るためじゃなく、この景色を美しいと思った自分の感性を大切にするためにレンズを向けた。が、しかし。

「ん？」

スマホの画面の右下辺りに違和感を覚えて首を傾げる。

なんだか、この情緒あふれる景観にそぐわない蛍光色があるような……。

画面から視線を外して、自分の目でもう一度その違和感の正体を確かめる。

「なにあれ」

ざあっと風が吹いた。ぬくもりを含んだ柔らかな春の風だ。お茶の香りがかすかに鼻腔《びこう》をくすぐる。

周りの木々が揺れたことで露わになったのは、蛍光イエローの看板だった。

「いやいやいや……」

近づいてみれば、その異質さはより際立つ。看板を設置しているのは、周りの家より少し広いお屋敷のようだけれど、草木が生い茂っていて手入れされている様子はない。

古くからの住宅が建ち並ぶ中、ツタのつたうブロック塀に取り付けられている蛍光イエローには、虹色のグラデーションの文字でこう書いてあった。

「〝神々よ、ここに集いたまえ〟って」

激やばじゃないか。

しかも、よく見るとその下には黒のマジックペンで【今春リニューアルオープン！】と、お世辞にも上手とは言えない手書きの文字まで添えられている。

「改装したようにはまったく見えない外観だけど。ていうか、ここはいったいなんなんだろ……怪しすぎる……」

じろじろ観察するのはよくないと思いつつも、ツッコミを入れずにはいられない。

「それにしても、びっくりするくらいセンスないなあ。これ伊勢の景観がどうのっていうより、どこに飾られていても悪目立ちしかしないでしょ。色も書体もキャッチコピーも、小学生がパソコンの授業で作ったみたいな感じだし。これだけダサいのができるって、逆に才能あるというか……」

「おい」

すぐ後ろから、低い声が聞こえた。

周りに誰もいないと油断してブツブツとケチをつけていた私は、驚いてビクッと身体が固まった。声色からして、相手はとても不機嫌そうだ。

「おい。そこのお前」

息を止めて自分の存在を消そうとしていれば、また声がかかる。『そこのお前』というのは、どうやら私のことで間違いないようだ。ギギギと音が鳴りそうなくらいゆっくりと振り向く。

そこに立っていたのは、同世代くらいの男の人だった。

黒髪は短く整えられていて清潔感がある。目は一重だけれど大きくて、鼻はシュッとしている。さっぱりとした塩顔だ。

どちらかというと垂れ目で二重の濃い顔立ちのほうが好きな私は、タイプじゃないなあという感想を抱いた……って、それはどうでもいいか。

黒いワイシャツに黒いズボン。その腰には若草色のエプロンをつけている。腕組みをして眉間には皺《しわ》が寄っており、苛立ちを隠す素振りはない。

「人の店じろじろ見て、文句つけてんじゃねえよ」

こわっ。

「す、すみません」

確かにこの状況は私が悪い。素直に頭を下げると、チッと舌打ちが聞こえる。

「声がしたと思って出てきてみれば人間かよ。しかも客ですらないとか……」

「客？」

呟《つぶや》くように発せられた単語を拾う。

怪しさしかなかったけれど、ここはやっぱりお店のようだ。だとしたら、彼が看板の設置者なのだろうか。

この、蛍光イエローで虹色のグラデーションの文字でダサい看板を、この人が。

「んふっ」

笑ってはいけないと分かっていたのに、つい漏れてしまった。

「……なんだよ」

案の定、さらにイライラした様子で相手は睨《にら》んでくる。

当たり前の反応だ。この状況で笑われたら、反省しているようには到底見えない。

これ以上、向こうの怒りを買うわけにはいかない。ここはひとつ穏便に、大人の対応でいこう。

しかし、こうも思えてくる。

そもそも私はこの町並みの写真を撮りたかっただけ。センスの悪い看板が設置されていなかったら、ケチだってつけない。景観保護という意味では、むしろ相手のほうに非があるのではないだろうか。

「なんかあるなら言えよ」

黙っている私に、そう声がかけられる。

「いやあ、怒らせちゃうかもしれないので」

「今さらだろ」

確かに。これまでの人生を振り返っても、こんな出会ってすぐの人をイラつかせたことはない。

相手は先ほどまでの不機嫌さが少し収まって、もはや呆《あき》れたような表情を浮かべている。

「……じゃあ、通行人の一意見として聞き流してください」

「だから、なんだよ」

失礼なことをした自覚はあるし、少しの常識は持ち合わせているつもりだ。ただ、失うものがなにもないという状況に陥ると、私は怖いものなしになるらしい。

「このダサい看板、外したほうがいいんじゃないですか？」

ブチッと血管が切れるような音が、閑静な住宅街に響いた。

あ、やばいかも。

そんな危機感が頭をよぎる。

ヒヤヒヤしている私をよそに、目の前の相手はスンと真顔になって、そのままこちらに背を向けた。

「あれ？」

なんだか拍子抜けだ。絶対になにか反論があると覚悟してたのに。

スタスタと大きな屋敷の中へと消えていった背中を眺めつつ、予想外の反応にポカンと口を開ける。

もしかしたら、私の提案は受け入れてもらえたのかも……なんて、期待を抱いたのも束の間。

「おい、そこの通行人！　さっさとここから立ち去れ！」

そんな言葉と共にすごい剣幕で戻ってきた相手の手には、見覚えのある赤い蓋の瓶が握られていた。

「……えっ、塩⁉」

瓶の中身に気づいて声を上げた私に向かって、相手は塩をまきながら迫ってくる。

「人に塩まくとか信じられない！」

「お前の言動のほうが意味分かんねえよ！　二度と顔を見せるな！」

ひとまずここは逃げるに限る。

罵声を背中に浴びながら、私は全力でその場を去った。


「伊勢まで来るって突然言うから、どうしたのかと心配していれば」

そんなことになってたんだね、と学生時代の友人である莉子《りこ》が三杯目のビールを渡してくれる。

「勝手にだけど、葉月《はづき》たちは別れないものだと思ってたよ」

「うーん、正直私もそのつもりだったんだけど……」

『ごめん、別れよう』

突然の言葉は心臓に悪かった。

同棲《どうせい》して半年、今どき時代遅れだとも思いつつ進めていた寿退社の手続きもすべて済んだ。彼の望んだ専業主婦になる準備は万端だったのに、学生時代から六年八カ月も続いた関係はそのひとことで幕を閉じた。

路頭に迷うとはまさにこのこと。ずっと続くはずだった道が急に途切れてしまった。予感はなかったわけではない。でも、そこには目を向けないでうまく乗り越えていこうとしていたのに。

「どこで間違えたかなあ……」

ぽつりと呟いて、グイッとジョッキを呷《あお》る。

「飲みすぎないようにね」と莉子がカウンターの向こうで苦笑いを浮かべた。

彼と同棲していた部屋に閉じこもりたくなくて、会社の人たちにも会わないような場所に行きたくて、だけど誰かに話を聞いてほしくて。伊勢で働いている莉子を思い出し、衝動的に新幹線に飛び乗ったのだ。

「それにしても葉月、よくこの店までたどり着いたね」

「いや、けっこう迷ったけどね。おはらい町の通りにあるのかと思ったら路地裏だし、料亭って聞いてたけど居酒屋だし」

「それはごめんって。伊勢の路地裏にある居酒屋で働いてるって正直に言ったら、前職とのギャップが激しすぎて心配かけるかなって」

「まあ、いいんだけど。元気そうだし」

大学を卒業してすぐの頃、東京のOLとして働いていた莉子はげっそりしていた。仕事を辞めてニートになりながら再び就活をして、縁あってこの居酒屋で働くようになったという話は聞いていたけれど、そんな彼女は今、とても生き生きしている。

軒先で揺れる紺色の暖簾と、優しい明かりが灯る赤提灯《あかちょうちん》。趣があるというか、渋いというか。そんな店の雰囲気にぴったりの若草色の作務衣《さむえ》は、莉子によく似合っていた。

「はい、唐揚げ。お待たせしました」

店員である莉子に絡む私を咎《とが》めることなくカウンターにお皿を置くのは、紺色の作務衣を着た店主の男性だ。

名前は以前、莉子から教えてもらったような気もするけれど、記憶から抜けている。ふたり揃《そろ》って住み込みで働いているため、『ひとつ屋根の下の彼』と勝手に呼んで、よく莉子を冷やかしていた。

そんな彼の頭には白いタオルが巻かれている。その下からは短い金髪が見え、耳には無数のピアス穴が開いていた。つり目で強面で一見とっつきにくそうだけれど、この店主と莉子が最近本当にいい感じの関係であることを私は知っている。

「わ、おいしそう！　ありがとうございます」

ゴツゴツと大きな唐揚げに歓声を上げる。千切りキャベツと一緒に盛られたそれはほわんと湯気が立っていて、まさに揚げたてといった感じだ。

箸をつける前にスマホのカメラアプリを起動する。飲みかけのビールジョッキも入るように写真を撮ってから、すでに数品食べてはいたけれど「いただきます」と改めて手を合わせた。

普通の唐揚げよりも茶色くて、少しツヤがある。タレが絡めてあるのかな、と想像しつつ、まだ熱そうな唐揚げをふうっと冷ましてから口に運んだ。

サクッといい音がして、そのあとジュワーッと肉汁が出てくる。衣にかけられていた甘辛いタレと舌の上で絡み、絶妙にまろやかだ。厚めの衣が口の中でザクザクと音を立て、嚙《か》めば嚙むほどタレが染み出てくる。

仕上げにグイッとビールを呷れば、もう百二十点だった。

「んー、たまらないねえ」

「そうでしょ。この唐揚げが大好物で、毎日のように注文してくる常連さんもいるんだよ」

私の感想に、莉子は自慢げに胸を張る。

「へぇ、その常連さんとは気が合いそう。今日は来ないの？」

「えーっと、今日は葉月が来てくれるっていうから、貸し切りにしてもらったんだ。ゆっくり話したかったし」

「そうなんだ。なんか気を遣わせちゃって申し訳ないなあ」

せっかくなら常連さんにも会ってみたかったけれど、他にお客さんがいたらなかなか莉子と話せなかったかもしれない。店主の男性も必要以上に声をかけてこないし、私たちの会話を遮らないようにしてくれているみたいだ。

ふたりの細やかな心配りに感謝しつつ、私は再び唐揚げを頬張った。

「ところで葉月、今日は伊勢神宮にお参りしたの？」

「ううん。こっちに着いたの夕方だったから、少しおはらい町を散策しただけ。明日行こうと思ってるんだけど」

ごくんと唐揚げを飲み込んで答えた私に、莉子は小さく頷《うなず》く。

「そっかそっか。じゃあぜひ外宮《げくう》から行ってみて」

「……げくう？」

聞き慣れない言葉に首を傾げながら、スマホで検索をかける。伊勢神宮という文字のあとにスペースを空けて【げ】と打ち込むと、予測の一番上にそれらしき単語が出てきた。

「これ？」

画面を見せれば莉子は「そう、それ」と指を差す。

「私も伊勢に来る前は知らなかったんだけど、伊勢神宮って百二十五社の総称なんだって」

「……どういうこと？」

スマホを持ったまま、ポカンと口を開けた。

「今いるのが、伊勢神宮の内宮っていうところの門前町で、少し離れたところに外宮があってね。それ以外にも別宮《べつぐう》、摂社《せっしゃ》、末社《まっしゃ》、所管社《しょかんしゃ》なるものがあるんだよ」

なんだか複雑な話だ。そしてその難しそうな名前を、よくもまあ覚えているものだ。

「つまり、親戚がいっぱい的な？」

莉子の知識に感心しながら私なりの解釈で尋ねると、「そんな感じじゃないかなあ」と及第点をもらえた。

「お伊勢参りといえば、内宮と外宮を参拝するのが一般的なんだけど、それにも順番があって。外宮を先にお参りするのが昔からのならわしなんだって」

「ふーん。順番どおりに参らなかったらどうなるんだろ」

「神様が拗《す》ねちゃうかもね」

ふと私が抱いた疑問に莉子はそんな冗談を返して、ふふっと笑った。

そういえば、夕方撮った写真の中にご当地デザインのマンホールがあったはずだ。あのマンホールに描かれていた浮世絵もお伊勢参りの様子なのだろうか。莉子に聞いてみようとカメラロールを開いて、はたと動きを止めた。

「うわあ、嫌なこと思い出した」

「え、なに。どうしたの」

突然テンションの下がった私に、莉子は不思議そうな顔をする。

「この話をするにはお酒がいるわ」

ジョッキに残っていたビールをすべて飲み干して、おかわりをお願いする。すぐに用意してもらった新しいジョッキを受け取って、グビグビッと喉を鳴らした。

「すっごくダサい看板を見つけたの」

ドン、とカウンターにジョッキを置いた。気の抜けたような「はあ」という莉子の声が返ってくる。

「あまりにもセンスがなかったから、つい辛口で評価した私も悪かったけど。でも初対面でいきなり『おい』だの『お前』だの、ちょっと失礼だよね？　なんなの、あいつ」

「んーっと、状況がさっぱり読めないけど……」

「しかも、向こうが言えって言うから失礼を承知で私の個人的な意見を述べただけなのに、最終的に塩持ってきたからね、塩！　聞き流せないなら最初から聞くなって話よ」

グイッとビールを呷る。あっという間に空いたジョッキを掲げて「おかわりください」と頼めば、「はやっ」と莉子が目を丸くした。

「いや分かってるのよ、私に非があったことは重々反省してるの。さすがに二十五歳は大人だからね。だけど向こうも私と同い年くらいだったし、あんな言い方しなくていいと思わない？　こんな気が合わない人に出会ったの初めてでびっくりしたわ、本当に」

「……飲みすぎじゃない？」

苦笑いを浮かべた莉子から新しいジョッキを受け取りながら、「大丈夫」だのなんだの口にしたような。それ以降の記憶があまりないということは、まあ大丈夫ではなかったわけだ。

ふわふわする。

三月下旬のまだ少し冷たい夜風に当たって、ちょっとだけ冷静さが戻ってきた。

「ここ……どこだっけ」

『泊まっていきなよ』という莉子のありがたい言葉になぜか虚勢を張り、ホテルを予約していると嘘《うそ》をついて店を出てきた……気がする。

春休み期間中の土曜日、観光地のホテルなんて空いているはずもない。もともと新幹線の中では莉子の家に泊めてもらおうと思っていたくせに、どうして強がってしまったのだろう。

酔っ払った自分の行動が不思議だけれど、莉子と店主の順調そうな雰囲気を邪魔したくなかったのもあるし、ほんのちょっと惨めな気持ちが湧いたのかもしれない。

ホテルまで送ると申し出てくれたふたりの善意も振り切った……気がする。

なんとも曖昧である。

「なにしてんだろ、私」

ブロック塀にもたれかかって、ふうと息を吐く。

片道四時間かけて伊勢まで来て、友だちの幸せそうな姿をうらやましがって、勝手に焦って。久しぶりにゆっくり話ができて嬉《うれ》しかったのに。あとでちゃんとお礼のメッセージを送っておこう。

「うーん、しかし眠たい……」

こんなに飲んだのは、大学のテニスサークルの追いコン以来だ。とはいえテニスサークルというのは名ばかりで、テニスをした覚えはない。なんか大学生っぽいという理由だけで莉子を誘って一緒に飲み会へ顔を出していた。

そこで出会ったのが、彼だった。

サークル内でも有名なバカップルだったと思う。『葉月たちは安定だよね』とよくからかわれていた。

「これから、どうしようなあ」

『婚約破棄になったのでやっぱり退社しません』なんて戻る勇気はない。『あとは任せて』と快く送り出してくれた職場の人たちに、どんな顔を向ければいいというのだろう。

だからといって、彼の荷物が置いてあったスペースだけ不自然に空いた一LDKにずっと閉じこもりたくもなかった。ふとした瞬間に彼を思い出してしまうあの部屋で、いったいどうやって息をしろというのか。

嘲笑が漏れる。仕事も恋人も失ってどうしようと悩みはするのに、別れたその日から不思議と涙が出ることはなかった。

「ううーん……」

ズルズルとしゃがみ込む。

どうしよう、ちょっと気持ち悪くなってきた。

眠いだけだったはずが、ウップと喉が鳴る。

「やだやだ、こんな道端で吐きたくない……」

「おい」

不意に背後から声がした。どこかで聞いたことのあるような声だけれど、反応を返す元気もない。

「おい。……おいってば」

ポンと肩に手がのる。そのまま軽く揺さぶられて、気持ち悪さは頂点に達した。

あー、ダメダメ。出てきたらダメだって、唐揚げとビール。

「なあ、お前」

「うええ気持ち悪い……」

「え、酒臭い……って、うわ、おい！　ここで吐くなって！」

なんだか必死な声、とお茶の香り。

次の瞬間、グッと肩を抱かれる。意外とがっしりした腕してるんだなあ、などと呑《のん》気《き》なことを考えた。

「俺の店の前だから、ちょ、とりあえず中入ってから吐け！」

引きずるように運ばれながら見上げた夜空には、三日月がくっきりと浮かんでいた。

「つ、月がすごく綺麗……」

「お前、自由かよ！」

私がしゃがみ込んでいたのは、どうやら夕方見たダサい看板の前だったようだ。暗くてあまり見えないけれど、お屋敷の門をくぐると砂利が敷かれているみたいで、一歩進むごとに音がする。草木の生い茂った庭からは野生の動物でも出てきそうで、そっと視線を逸らした。

「おえ……」

「おい待て、あとちょっと」

カラ、と引き戸が開く。

「靴脱がなくていいから、トイレ行け、トイレ」

パッと明かりがついて、まぶしさを感じているうちに奥の個室に押し込められた。その後はお食事中の方もいらっしゃるだろうから割愛するけれど、とてもすっきりした。

「全部吐いたか？　ほら、口ゆすいで」

「すみません、もうなにからなにまで」

渡されたコップの水を口に含んで、ペッと出す。何度かそれを繰り返せば、もう大丈夫そうだと判断したのか、ダサい看板の製作者はお手洗いに私を残して先に去っていった。

酔いと眠気はさめていないものの、吐き気がなくなったことで気分はだいぶマシだ。

「いやあ、本当にありがとうございました」

ふわふわとした足取りでお礼を言いながら、さっき通ってきた部屋へと戻る。

店というのは嘘ではなかったようで、引き戸を開けてすぐの部屋にはカウンターがあった。

椅子が三脚置いてある。カウンター席の反対側は全面ガラス戸になっていて、今は暗いけれど庭の様子がよく見えそうだ。そちら側には長椅子が一脚、用意されている。

莉子たちの居酒屋よりも狭くて小さな店ではあるけれど、手入れが行き届いているように思えた。

「泥酔したやばそうな人間がいるって〝ツキヨミさん〟が言うから見に行ってみれば、またお前かよ」

「ツキヨミさん？」

「……なんでもねえよ。酔っ払い、そこ座れ」

カウンターの中でなにやら手を動かしながら悪態をつく相手に少しムッとしつつも、おとなしくカウンター席に腰かける。体調的に立っているのはしんどかったため、座ることができてホッと気が緩んだ。

「ダサ看板さん、なにしてるんですか？」

「なんだよその呼び方。他にもっといいのあるだろ」

「全然思いつかないです。名前、教えてください」

酔っ払いの危機を救ってもらった恩はある。素直に名前を尋ねた。

「拓実《たくみ》だ。……お前は？」

「葉月です。中村《なかむら》葉月」

しっかりフルネームを名乗れば、「ふうん」と興味なさげな声が返ってくる。

「それで、拓実さんはなにしてるんですか？」

「拓実でいい。さん付けされるのは変な感じする」

なにかと文句の多い恩人である。

「あと、見りゃ分かんだろ。茶を淹《い》れるんだよ」

拓実はそう言って、カウンター奥の飾り棚にずらりと並んだ茶器を指差した。

形も色もさまざまな急須に、丸っこい湯呑《ゆの》み。鮮やかで華やかな柄の茶筒。注ぎ口がついたシンプルなデザインの湯冷ましや、砂時計も置かれている。カウンターの一角にはお鍋くらいの大きさの釜があり、蓋の隙間からかすかに蒸気が漏れていた。

「日本茶カフェみたいなお店ってこと？」

「そんな洒落《しゃれ》たもんじゃねえよ。茶屋だ、茶屋」

ずっとお茶の香りがしていたのは、そういうことだったのか。

拓実は飾り棚から急須と湯呑み、湯冷ましをひとつずつ選び、釜の蓋を開ける。

ほわんと湯気が上がった。柄杓《ひしゃく》でお湯をすくい、茶器すべてに注いでいく。黒いワイシャツの袖がかからないように添える左手が綺麗で、思わず見とれてしまった。

お茶を淹れるって、こんなに丁寧で繊細なものだったっけ。

チラリと拓実の表情を窺《うかが》うと、私の視線に気づいたらしく「なんだよ」とぶっきらぼうな声がした。

「所作が美しいなあと思って」

率直に感じたことを伝えれば、フンと鼻を鳴らす。『じろじろ見てんじゃねえよ』くらい言われるものだと想定していたから少し拍子抜けしたけれど、悪い気はしなかったらしい。

急須と湯呑みに入っていたお湯を捨てて、布巾で拭《ぬぐ》う。どうやら温めていただけのようだ。

湯冷ましのお湯には温度計が突っ込まれている。こちらは適温に下がるのを待っているのだろう。

ゆらゆらと揺れる白い湯気をじっと見つめていれば、ポッと軽やかな音がした。拓実が茶筒を開けた音だ。柔らかな桃色に白や赤の花がちりばめられたデザインの茶筒に、心が躍った。

茶葉を急須に入れて、蓋をする。半月みたいな形のお盆に、急須と湯呑みがのる。

飾り棚から砂時計をひとつ、それから塩昆布を盛った小皿も一緒にお盆の上に並んだ。

お湯の温度を確認して、温度計を抜く。

「はい、『かぶせ茶』」

「わ……」

カウンターに置かれたお盆に、感嘆の声が漏れる。

お茶の概念が変わりそうだ。私はいまだかつて、こんなに手間暇をかけた緑茶を飲んだことがない。

「かぶせ茶のうま味と甘味がちょうどよく引き出せるように、お湯は六十度にしてあるから」

「へえ」

「酔っ払いに味が分かるか知らねえけど。とりあえずそのお湯を急須に注いで、砂時計をひっくり返して」

途中で嫌味が含まれていたけれども、ひとまず言われた通りに湯冷ましのお湯を急須に移し、砂時計が落ちるのを待つ。まだ頭はふわふわしているものの、お茶の香りに包まれて、なんだかとてもいい気分だ。

「砂が全部落ちたら湯呑みにそっと注いで、終わりは絞りきるように急須を振り下ろして」

「えっ、勢い余って急須と湯呑みを割っちゃいそう」

「それくらい加減しろよ。いいか、最後の一滴にうま味が凝縮されてるからな」

拓実は至極真面目な顔をして忠告してくる。それくらい最後の一滴が大事らしい。

「よし、今だ」

「はいっ」

砂が落ち切ったタイミングで、私は急須の蓋を押さえながらお茶を注ぐ。拓実にじっと監督されながらピンと背筋を伸ばして、軽くなった急須を数回振り下ろした。濃い緑の小さな丸がぽとりと湯呑みに落ちる。

「まあ、いいんじゃねえの」

拓実の柔らかい声がした。

「いただきます」

白く丸っこい湯呑みを両手で包むように持ち、すうっと息を吸う。澄んだ淡い黄緑色のお茶からは、爽やかだけれど深みのある落ち着く香りがした。

そっと口に含んでみると、想像していたよりも甘みがあって、わずかにしょっぱさを感じる。苦味はほぼなく、優しくてまろやかな味がした。

ふーっと鼻から息を吐けば、お茶の香りが抜けていく。

「……なにこれ」

思わず呟いた私に、カウンターの中で拓実が「あ?」と柄の悪い返事をする。

しかしそれに相手をする気も起きず、もう一度湯呑みに口をつけて、ごくりと喉を鳴らした。

「お茶ってこんなにおいしかったっけ」

ぽつりと感想がこぼれる。

残りのお茶もすべて飲み干して、ほうっと息を漏らした私を、意外そうに拓実が見ていた。

「なに?」

「いや。……気に入ったんなら、二煎目も飲むか?」

「え! やったあ」

素直に喜んでいれば、「調子いいな、酔っ払い」と毒づく声が聞こえる。

気にしない、気にしない。自分に言い聞かせながら大人の対応で待っていると、拓実はステンレス製のポットを出してきた。

「味の違いを感じてもらうために、この中にはさっきよりちょっと高めの温度のお湯が入ってるから、こっちの湯冷ましに注いで三十秒くらい経ったら急須に移して。三煎目以降はポットから急須に直接お湯を注いでいいから」

「ほう」

拓実の説明に神妙な顔で頷き、ポットのお湯を湯冷ましに注ぐ。それから三十秒を数えるべく、私は小さな声で歌いだした。

「ハッピバースデイトゥーユー、ハッピバ――」

「いやいや、急にどうした」

焦ったように遮ってきたのは、もちろん拓実である。

「知らない？　ハッピーバースデイの曲って普通に歌えば、だいたい十五秒なんだよ」

「知らねぇよ、突然歌いだされたら怖えよ。フラッシュモブでもはじまるかと思ったじゃねえかよ」

「だから声小さくしたのに。ていうか、拓実のせいで何秒経ったか忘れたじゃん！」

ああ、もったいない。おいしい飲み方を指導してくれるはずの人に邪魔されるなんて。

「お前がわけ分かんねえ数え方するからだろ。今でちょうどくらいじゃね」

「本当かなあ」

半信半疑で湯冷ましから急須にお湯を移す。そのまま湯呑みに注いで、最後はまた絞りきるように急須を振った。

一煎目と見た目はそんなに変わらない。そっと口をつけると、今回はしょっぱさがなくなり苦味のほうが強くなったと感じる。

「こっちのほうがすっきりしてる気がする」

ただ、しょせん酔っ払いの味覚である。高尚な舌など持ち合わせていない。味わいが変わったんじゃないかと思うけれど、果たしてそれが正解かどうかは分からない。

しかも正解を知っているであろう拓実は「ふうん」と相槌《あいづち》を打つだけで、それ以上なにも言ってこなかった。

代わりに私が質問をする。

「ところで、かぶせ茶ってあんまり聞いたことがないんだけれど、普通の緑茶と違うの?」

「煎茶とか玉露とかほうじ茶とか、日本茶全般の総称を緑茶っていうんだよ。かぶせ茶もその一種。この辺でもさかんに栽培されてる」

緑茶の定義すらよく分かっていなかった私に、拓実は説明してくれる。

「へえ。伊勢のお茶って有名なの?」

またひと口お茶を含みながら尋ねると、拓実は思案するように腕組みをした。

「あんまり知られてねえけど、三重《みえ》のお茶の生産量って、静岡《しずおか》、鹿児島《かごしま》に次いで全国三位らしい」

「え、そうなんだ」

京都《きょうと》とかのほうがお茶のイメージがあるから、三重が三位とはちょっと意外かも。

「地形とか気候が生産に適してるんだってさ。他のお茶に比べて味が濃いから、三煎目までおいしく飲めるんだよ」

「なるほどなあ」

拓実の豊富な知識に感心しつつ、湯呑みのお茶を飲み干す。

三煎目は確か、ポットから急須に直接お湯を注いでいいって言っていたっけ。

小皿に盛られていた塩昆布をひとつまみ食べながら、教えられた通り急須にお湯を入れ、湯呑みにお茶を注いだ。

三回も淹れたら色も薄くなりそうなのに、そんなに変わっていない。違いといえば、湯呑みの底のほうに細かな茶葉の粉が沈んでいるくらいだ。

ふうっと息を吹きかけてから口をつける。

お湯を冷ます工程がなかったため、これまでの中で最も熱い。全体的に苦味が強く、一煎目で感じた甘みはどこかへ消えていた。

「お茶って、淹れ方でこんなに味が変わるんだね。今までの人生で一番おいしいお茶だわ」

「これまでどんな茶を飲んでたんだよ」

感動する私に、拓実は呆れたような表情を向ける。

「どんな茶、って……」

言い淀《よど》む。

コーヒーと紅茶が苦手な彼のため、ココアの粉末に、煎茶とほうじ茶のティーバッグは常時買い揃えていた。仕事で疲れて帰ってきた彼に今日はどれにするか尋ねて、お揃いのマグカップに電気ケトルで沸かした熱いお湯を注いでいた。

一日の出来事をだらだらとしゃべりながら過ごすティータイムが、はじめはすごく楽しかったのに。

「……熱いお茶だったよ」

私も仕事をして帰ってきて、ごはんを作って掃除をして洗濯をして。ティータイムの準備も私がして、スマホゲームに夢中になっている彼に『できたよ』と声をかける。段々と冷めていくお茶に気づかない振りをして、それでもなお大丈夫だと信じていた。溝がこれ以上開かないように必死になっていたのは、好きだったから。

「おい」

聞こえた声に顔を上げると、拓実は目を丸くした。

「な、泣いてんのか、お前」

両手をソワソワと動かしてうろたえている。

別れた日から、涙が出ることなんてなかったのに。こんな、今日出会ったばかりの人の前で泣くなんて。

じわじわと視界がにじむ。気持ちを落ち着けようと手に持っていた湯呑みのお茶を飲めば、その温かさが余計に身に染みた。

「これから、どうしよおお……」

「うわ、ガチで泣くなって」

「学生時代から六年八カ月も付き合って絶対結婚すると信じて同棲してた恋人に振られて、寿退社する予定だった職場に今さら戻ることもできなくて、私はこれからどう生きていけばいいのよお……」

ぐずぐずと鼻をすすりながら話す私を、拓実は「お前、なかなかだな」とちょっと引いたような顔で見ていた。しかし不憫《ふびん》だとも思ったようで、箱ティッシュを渡してくれる。

ありがたく受け取って、遠慮なくブーンと鼻をかんだ。

「親も気に入ってた相手だし、おじいちゃんおばあちゃんも結婚式をすごく楽しみにしてくれてたから、別れたことを報告できなくて実家にも帰りづらいしさあ」

「それ、先延ばしにすればするほど面倒くさくなるやつじゃねえの」

口を挟む拓実に「そんなことは分かってるってばあ」と嘆きながら、カウンターに突っ伏す。

「うう、もう本当にどこで間違えたんだろうなあ……」

「あーはいはい。吐いたり歌ったり泣いたり、忙しいやつだな」

「忙しいやつで悪かったわねえ」

だいぶ酔っていたのだろう。

「……神様って、意地悪だ」

ふわふわする頭と、回らない呂律《ろれつ》。そのあとも拓実に絡んだような気がするけれど、それ以上の記憶はまた残っていなかった。


「えーっと、ここは……」

翌朝。重たい瞼《まぶた》を開ければ、見慣れない天井が広がっていた。

むくりと起き上がって周りを見回す。どうやらここは、和室の客間のようだ。小花柄の布団がかけられている。

「なんとなく思い出してきた」

昨夜のおぼろげな記憶がよみがえる。拓実に絡んで泣き疲れて眠った私は結局、茶屋に泊めてもらったのだろう。

出会ったばかりの人の家に泊まるなんて、非常識にもほどがある。

申し訳なさを感じながら前髪をかき上げる。そのタイミングで化粧も落とさず寝てしまったことに気づき、「最悪だ」とため息が漏れた。

人の家をうろうろと歩かないほうがいいとは分かっていたものの、せめて顔を洗いたい。昨夜も使わせてもらったお店のトイレを借りるか。この部屋があの広いお屋敷のどこに位置しているかは分からないけれど、とりあえず探してみよう。

グッと伸びをして、襖《ふすま》を開けたときだった。

「にゃ」

ちりん、と鈴の音がするのと同時に、そんな鳴き声が聞こえた。

視線を向ければ、そこには白くて柔らかそうな毛並みの子猫がいた。

「あ、可愛い」

「にゃっ」

おいでと手を伸ばしたけれど、びっくりしたように白い子猫は身を縮めて、それから軽やかな足取りで廊下を走っていった。

「猫飼ってるんだ」

動物を可愛がる拓実の姿があんまり想像できなくて、少し笑ってしまう。

勝手な想像ではあるけれど、撫《な》でる手もぎこちなさそう。広い家だから、誰か別の人がお世話をしているのかもしれない。

そこまで考えて、ふと思う。

今から家の中を徘徊《はいかい》して、万が一拓実の家族に出会ったらどうしよう。怪しい者じゃないことをちゃんと証明できるだろうか。

「……とりあえず、さっきの猫を追いかけてみようかな」

一抹の不安を抱きつつ、私はなるべく足音を立てないように廊下を進んだ。

けっこう古い家みたいだけれど、手入れはきちんと行き届いていて清潔感がある。部屋数も多くて掃除は大変だろうな。

そう想像した私の視界の端で、ツヤッとなにかが光った。

「うん？」

よく見てみると、それはシャボン玉のように透明で周りが虹色がかっている小さな丸の集団だった。一列になって、転がるように廊下の隅を移動している。「キュッキュッ」と高い音も聞こえてきた。

「……う―ん？」

お酒と涙で目がやられているせいかな？ なんだか不思議なものを見た気がする。ゴシゴシと目元をこすると、まだ落とせていなかったアイシャドウのラメが手の甲についた。

ああ、なんだ。きっとさっきのは、このラメが私の視界に入ってきただけだろう。なるほど、なるほど。

ひとりで納得して、再び廊下を進む。なんとなく見覚えのあるような場所までやってきた。

「あ、暖簾」

若草色の長暖簾があった。確かあれは、お店のカウンターの奥にあったものと同じだ。

迷うことなく長暖簾をくぐると、昨夜も見た景色が目の前に広がった。ひとつ違うのは、店員側に立っているところだろう。

カウンターの中というのは魅力的だ。店の裏側を覗《のぞ》いているみたいで、つい観察してしまう。ふたつ並んだ大きなシンクにはまだ洗ってなさそうな茶器が置かれている。せめてものお礼に、あとで洗い物でもさせてもらおう。

そう決意して、小さく頷いたときだった。

カララ、と引き戸が開く音がした。

「やあ拓実、昨夜この店の前で泥酔していた人間をそなたは結局――」

反射的に顔を上げると、声の主とばっちり目が合う。

黒い着物に黒いベール。首から提げられているのは白に近い緑色をした勾玉《まがたま》で、ちらっとベールの下に見えた金色の髪飾りは月の形をしている。全身真っ黒の服装という点では拓実と合致しているけれど、さらりと伸びた銀色の髪が特徴的だ。

コスプレのような格好ではあるものの、安っぽさは感じられない。むしろとてつもなく高貴で、現実離れしているようにも見える。

なにより、透き通るような白い肌に、涼しげな切れ長の目。スッと通った鼻筋に、形のいい細い眉。まるで人間とは思えないレベルで整った顔立ちをしていた。

「え、すっごい美形」

思わずそう口にしてしまうほどのキラキラオーラを纏《まと》ったイケメンは、私と視線を合わせたまま、ぱちりとまばたきをした。

どうしたのかな。ああ、ここに来たということは茶屋のお客さんか。用があるなら拓実だろう。

「すみません、今ちょっと拓実がどこにいるのか分からなくて」

この店のことをなにも知らず、顔も洗っていない私にはどうすることもできない。

このお客さんの話し相手になるにしても、美容室で週に一回トリートメントをしてもらっているグレージュのロングヘアは、カールが取れてボサボサだ。人前に長時間出られるような姿ではない。

少し申し訳なさを感じつつ詫《わ》びれば、口を半開きにしたイケメンは、もう一度まばたきをしてから声を発した。

「……た、たた、大変であるぞ拓実ぃ！」

そんな叫びが店内に響く。近所から苦情が入っても言い逃れできない大きさだ。

奥の廊下まで届いていたようで、若草色の長暖簾の向こうからガタッと物音が聞こえた。

「なんだよ、こんな朝っぱらから」

くあ、とあくびをしながら現れたのはスウェット姿の拓実だった。たった今起きたのだろう。短い黒髪にはピョンと寝癖がついている。

「あ、あの、おはよう」

泊めてもらったお礼を伝えなくちゃ、と声をかければ、「あ?」としかめっ面が返ってきた。

「お前、ひでえ顔だな」

「そりゃ酔いつぶれて泣いて、化粧も落とさず寝たからね。その、昨日はご迷惑をおかけしました」

「本当だよ」

相変わらずの態度がちょっと気に障るものの、お世話になったことは間違いないのでへらりと笑っておく。

そんな私に、拓実はまだなにか言いたげな表情を浮かべていたけれど、それを遮ったのは入り口近くに立ったままのイケメンだった。

「そのような話をしている場合ではないぞ」

た。


「え？」

ただ事ではない雰囲気を醸し出しているイケメンの言葉に、首を傾げる。

するとすぐ隣にいた拓実がワンテンポ遅れて「えっ」と困惑したように声を上げ
その反応がどうにも不自然で、イケメンと拓実の顔を交互に見比べる。

……うん、どちらかといえばイケメンのほうが好みの顔つきだ。拓実はあっさりしすぎてタイプじゃない。

失礼なことを考えてひとり頷く私に「おい」と隣から声がかかる。

「お前、……見えてんのか」

なにかを確かめるような問いかけだった。

見えてるって、なにが？　コンタクトかどうかって話？　そうだとしたら私の視力は両目とも一・五だ。

答えようと口を開いたとき、「にゃあ」と鳴き声が聞こえた。

「あ、さっきの猫ちゃん」

首に小さな鈴をつけた白い子猫が、カウンターの向こうからひょっこりと姿を現す。

先ほどは逃げられたけれど、どうにか撫でることができないだろうか。

ゆっくりと手を伸ばしかければ、隣で拓実が「まじか」と呟いた。

「……〝しお江《え》〟のことも見えてんのかよ」

「しお江って、この子の名前？」

子猫にしては、なかなかに渋い名前だ。

「塩みたいに白いからな。でも、しお江って呼ぶと怒るんだよ」

「ふうん。〝お塩《しお》ちゃん〟、名前が気に入ってないの？」

咄嗟《とっさ》に思いついたニックネームで声をかけてみると、お塩ちゃんは「にゃ」とタイミングよく鳴いた。

ずいぶん意思疎通を図れそうな猫ちゃんだ。嬉しくなって撫でようとすれば、ぷいっと顔を背けてどこかへ去ってしまった。

行き場を失った手をそろりと戻す。いい気味だと言わんばかりに、拓実が隣でフンと鼻を鳴らした。

「これではっきりしたであろう」

お塩ちゃんとのやりとりを黙って見ていたイケメンが、不意に口を開く。

ああ。そういえば、さっきからなんの話をしていたんだっけ。確か〝見える〟だの、なんだの……。

思い出そうと頭を回転させる私の視界の端で、ツヤッとなにかが光る。

「……ん？」

またアイシャドウのラメだろうか、と手の甲で目をこする。しかし、見えるものは変わらない。さっき廊下で遭遇した丸っこいシャボン玉のような生き物が、列をなしてカウンターの上を転がっている。

「あの、拓実」

今まで生きてきた中で、こんな生き物には出会ったことがない。

「このシャボン玉みたいなのは、いったい……？」

指差して尋ねた私に、拓実は「あー……」と頬をかきながらため息をつく。それから大きく息を吸って、私のほうへと身体を向けた。

「お前、神様が〝見える〟ようになってる」

「はい？」

言われていることがすんなりと理解できずに聞き返す。ポカンと口を開けているであろう私に、拓実はこう告げた。

「そこに立ってる〝ツキヨミさん〟も、さっきのしお江も、その虹色の〝キュキュ丸〟も。……みんな神様なんだよ」

そんな冗談みたいな話をどう信じればいいのか。

まったく頭が働かなくなった私は、「ひとまず、顔を洗ってきてもいい？」と問うのが精一杯だった。

「我が名は『月読尊《つきよみのみこと》』。『三貴子《さんきし》』と呼ばれし神の一柱《ひとはしら》、闇と暗黒の世界を司りしこの世の陰の支配者である」

——ババーン。

洗顔とトイレを済ませて戻ってきた私を迎えたのは、そんな効果音でも付きそうな自己紹介だった。イケメンが顔の左半分を左手で覆って「クックック」と笑いながら、中学二年生の男子が好きそうなポーズを決めている。

「……拓実、どういうこと？」

どう反応するのが正解か分からなかった私は、三つあるカウンター席の真ん中に腰かける。

「なっ、そ、そなた、この我を無視するとは失礼であるぞ」

慌てたように私の左隣の席に座ったイケメンは、自分であの自己紹介をしておきながら、ちょっと恥ずかしかったらしい。顔が赤くなっていた。

「ツキヨミさんはけっこう有名な神様だよ」

拓実はそう言って、私とツキヨミさんの前にお茶を出した。昨夜のようにいろんな茶器がのったお盆ではなく、すでに緑茶の入った湯呑みだけが置かれている。

「『天照大御神《あまてらすおおみかみ》』はさすがに聞いたことあるだろ？」

「それは分かる」

温かいお茶にふうっと息を吹きかけながら頷く。天照大御神といえば、伊勢神宮に祀《まつ》られている日本の最高神だ。

「ツキヨミさんはその弟で、夜の世界を司る神様なんだよ。しかも三貴子っていって、神様たちの中でも特に尊いとされてる神様のうちの一柱だから」

「へえ……」

なんだかすごい神様だということは分かった。

でも、そんな高貴な神様がどうしてこの店に？　そして、どうして私に見えているのだろう。ていうか、神様のことを『ツキヨミさん』だなんて軽々しく呼んでもいいのかな。

状況がなかなか飲み込めない。次から次へと浮かんでくる疑問に頭がパンクしそうだ。

ツキヨミさんはというと、私の反応が薄かったのが不満だったようで、ショボンと肩を落としてお茶をすすっていた。

「神様でも落ち込むことあるんだ」

「お、落ち込んでなどおらぬ」

独り言のつもりで呟いた感想を、ツキヨミさんは食い気味に否定する。

私たちのやりとりを面白がるように、リンと鈴を鳴らしながらお塩ちゃんが右隣のカウンター席に飛び乗った。

「しお江は、招き猫の付喪神《つくもがみ》。だけどなかなかに気まぐれで、本当に効果があるのかいまいち分かんねえ」

「にゃにゃ」

拓実の説明に、お塩ちゃんは心外だと言わんばかりの声を上げて、尻尾を左右にバタバタ振る。

「それから、そのシャボン玉みたいなのはキュキュ丸っていう古いホウキの付喪神で、うちの清掃部隊」

「はあ」

気の抜けた返事をした私の目の前をキュキュ丸が一列になって転がっていく。言われてみれば、キュキュ丸たちの通ったところは綺麗になっているように見えた。

とはいえ、神様というのはにわかに信じがたい話だ。

ツキヨミさんからは少しミステリアスなオーラを感じるものの、こういう仮装をした人間だと説明されたら、それはそれで納得できる。お塩ちゃんも意思の疎通ができるだけで、パッと見た感じ普通の猫との違いが分からない。キュキュ丸はまあ、今までに出会ったことのない不思議な生き物だと思うけれど……。

「そなた、疑っているのだな」

「えっ」

左隣からツキヨミさんの声がした。頭の中で考えていたことを読み取られたようで、ぎくりと肩が揺れる。

「無理もねえだろ。むしろ、すんなり受け入れられる人間のほうが珍しいって」

拓実はそう言ってグッと伸びをした。

自分のことでいっぱいいっぱいだったけれど、この状況的に拓実も〝見える〟タイプの人間ということか。いつから神様のことが見えるようになったのか純粋に知りたい気持ちもあるものの、まずはこうなった経緯を教えてほしい。

出してもらったお茶をひと口飲んでから、本題に入った。

「あの、ツキヨミさんたちが本当に神様だったとして、私はどうして突然〝見える〟ようになったの？」

「知らねえよ。なにか変なものでも食べたんじゃねえの？」

問いかけた私に、まるで他人事のように拓実は首を傾げる。

「……拓実」

それを咎めるような強い口調で呼びかけたのはツキヨミさんだった。

「そなたの淹れた茶を人間に出すなと申していたであろう」

「……あ」

カウンターの向こうで拓実が声を上げた。心当たりがあったらしく「そ、それは、その」と動揺しながら口をもごもごさせている。

「どういうことですか？」

いまいち話がつかめず、私はツキヨミさんに詳しい説明を求めた。

「拓実の淹れる茶には不思議な力が宿りやすいのだよ。それは飲んだ者の真の心を開き、良薬となる場合もあるのだが、いかんせん力が強すぎるのだ」

なにが起こるか分からないから凡人には飲ませるな。ツキヨミさんはそう忠告してきたのだという。

「我ら神々にとっては、ひと味違う楽しい茶なのだが……」

「だ、だから、茶屋も神様専用で営業するって決めたんだっつうの」

ため息をつきつつ額に手を当てたツキヨミさんに、拓実が口を挟む。

『神様専用』という言葉を聞いてふと思い出す。昨日見つけた蛍光イエローの看板には、確かに『神々よ、ここに集いたまえ』と虹色のグラデーションの文字が書かれていた。

怪しさ満点のダサい看板だったけれど、あのキャッチコピーにはなんの誇張もなかったということか。

妙に納得する私の左隣で、ツキヨミさんは腕組みをする。

「ならばそなたはなぜ、この者に茶を淹れたのだ」

「だって、客が全然来なくて暇だったし、二日酔い予防にはお茶が効果的って聞いたことあるし。つうか普通、こんなことになるとは思わねえだろ……」

問い詰めるような口調のツキヨミさんに、拓実は言い訳のような理由を並べた。

これまでの話をまとめると、私は拓実の淹れたお茶を飲んだことで神様が見えるようになってしまったらしい。

そんなことがあるのか、と信じられないような気持ちもあるけれど、拓実の反応に嘘はなさそうだ。あれだけ威勢のよかった拓実が自身の非を認めるような態度をとっているのだから。

「まあ、なんとなく話は理解しました」

初対面ながらに介抱し、一晩泊めてもらったという恩もある。これ以上の追及はしないでおこうと大人の対応をした私に、ツキヨミさんと拓実の視線が向いた。

「それで、これってあと何時間くらいで治りますかね？」

せっかくの傷心旅行だ。昨日、訪れることができなかった伊勢神宮に行きたい。莉子が教えてくれた通り、ちゃんと外宮からお参りして、時間があれば他の神社にも足を運ぼう。おはらい町でまた食べ歩きもしたい。

ここでタイムロスするのは惜しいような気がして、目安の時間を尋ねる。

そんな私の耳に入ってきたのは、ツキヨミさんの気まずそうな声だった。

「……そもそも、治るか分からぬ」

「えっ」

てっきりすぐ元通りになるものだと踏んでいたのに、ツキヨミさんは苦笑を浮かべる。

「え、わ、分からないってどういうことですか」

予想外の展開だ。慌てて立ち上がると、ガタンと椅子の音がする。それに驚いたのか、右隣にいたお塩ちゃんがカウンター席から去っていった。

「あの、ほら、戻す方法とかなにかあるんじゃないですか？」

「耳にしたことはあるが、心身共に多大な負担がかかる。その方法で確実に治るという保証もない。なにせ、拓実の茶で〝見える〟ようになった人間はそなた以外に存在せぬからな」

な、なんと……。そんな理不尽な話があっていいものだろうか。神様は全知全能だと思っていたけれど、そういうわけでもなかったらしい。

申し訳なさそうな表情を浮かべるツキヨミさんにそれ以上すがることもできなくて、私は拓実に視線を向けた。

「ど、……どうしてくれるの」

「お前が店の前で吐こうとしてたから、こうなったんだろ」

「いや、それは私が悪かったけど、自分が淹れたお茶に不思議な力が宿るって自覚があったなら水でも渡してくれたらよかったのに」

面倒を見てもらった人にこんな文句を言うのは失礼かもしれないが、この行き場のない気持ちを拓実以外のどこへぶつけたらいいのか分からない。

不穏な空気を察知したのだろう。カウンターの上を転がっているキュキュ丸たちが「キュキュッ」と心配そうに私たちの様子を窺っていた。

「過ぎたことを今さらどうこう言っても仕方ねえって。見えるようになったもんは見えるんだから」

「確かにそうかもしれないけど、なんでそんな悠長なのよお」

「うっせえな。これでもちょっとは反省してるっつうの」

バツが悪そうにそっぽを向きながら、拓実はぼそりと呟く。

過去を嘆いてもどうしようもない。それには一理あると思うものの、これからどう生活していけばいいのだろう。

もし街中で神様を見かけることがあったら、声をかけたほうがいいのだろうか。でも見えない人からしたら、道端でひとり挨拶をする二十五歳女性なんて違和感しかない。

だからといって、見えているのにスルーなんてしたらバチが当たりそうだ。というか、そもそも神様と普通の人間を見分けることができるのかな。

「……ふむ」

私の今後についてあれこれと思案していれば、ツキヨミさんが小さく頷いた。

「そなたが戸惑うのも当然だろう。自ら望んだわけでもない突然の変化であるからな」

私の心情を汲《く》み取ってくれたようで、ツキヨミさんはそっと私に両手の平を向ける。

「手を貸して。少し占ってみよう」

「は、はい？」

唐突な申し出に困惑する。思わず聞き返すと、カウンターで拓実がこう補足した。

「ツキヨミさんは占いの神様としても知られてんだよ。月の満ち欠けで吉凶をみるって、どっかで聞いたことあるだろ」

「ああ、そうなんだ」

月と占いが結びつくのはなんとなくイメージがつく。夜の世界を司る神様って、そんなことができるんだ。

「それじゃあ、お願いします」

軽く頭を下げながらツキヨミさんに両手を差し出せば、きゅっと指先を握られる。

信憑性《しんぴょうせい》があるのかどうかは分からないけれど、今はもう頼れそうなものすべてにすがりつきたかった。

ツキヨミさんがすうっと瞳を閉じ、長い睫毛《まつげ》がくっきりと頬に影を作った。

一年半ほど前に、占いの館に行ったことがある。三十分で三千円。占いにしてはわりとリーズナブルな価格で、口コミ人気の高かった占い師さんに占ってもらった。そのときは私の悩みを相談しつつ占う感じで、会話がメインだったように思う。

しかしツキヨミさんはひとことも発することなく、じっと目をつむっていた。とても整った顔をしているツキヨミさんがそうしているだけで美しく、なんだか神秘的な空間ができあがったような気がする。

さすがは神様。三十分三千円の占い師さんと比べるまでもなく、この雰囲気だけでも信頼できそうだ。

慣れない感覚にソワソワしながら待っていれば、首から下げている勾玉がぽわっと一瞬光ったように見えた。

「……なるほど」

しばらくして、ツキヨミさんはゆっくりと目を開けた。

「ど、どうでしたか」

緊張しながら尋ねた私を横目に、ツキヨミさんはなぜか「拓実」と声をかける。

私が占ってもらっているのをカウンターの中から凝視していた拓実は、呼ばれたのが不思議だったのか首を傾げた。

「この者を、ここで雇うがいい」

予想だにしていない言葉だった。目が点になるとはまさにこのことだ。

「……はあ？」

拓実も驚いているのだろう。ワンテンポ遅れて不機嫌そうな声が聞こえた。

「こいつを雇えって、え、いや、普通に無理」

「わ、私だってここで拓実と働くなんて！　ていうか、私は東京に家が――」

言いかけて、口をつぐんだ。

彼と同棲していた一ＬＤＫにこれ以上住むのは限界だった。心理的な面でも、経済的な面でも。

今さら会社に戻ることもできないし、新しい仕事も探さなくてはいけない。結婚資金として貯めていた二百万円だけで、家賃も高い東京の一ＬＤＫで生活していくのは厳しいだろう。

「ふたりとも落ち着きたまえ。お互いにそう悪い話でもない」

口論になりそうな私たちに、ツキヨミさんがなだめるように語りかける。

「まず、この茶屋がリニューアルオープンしてから一週間以上経っているが、客がまったく来ていない」

「そ、それは――」

なにか言い訳をしかけた拓実を、ツキヨミさんが遮る。

「拓実の茶を淹れる腕は確かであるが、それを魅力的に見せるようなセンスや企画力がない」

怪しすぎるダサい看板や、草木が生い茂り、もはや森のように荒れている庭のことを言っているのだろうか。

拓実は少し自覚があったのか、グッと口を閉じていた。

「この者を雇えば、この店に新しい風が吹くであろう」

ツキヨミさんの視線が私に向く。やけに真剣な瞳だった。

「そなたが困惑していた神々との距離感は、拓実から学べばよい」

「えっ」

神様たちとどう接したらいいのか戸惑っていたことを私は口に出した覚えがない。

それなのにツキヨミさんは、まるで私の頭の中を読んでいたかのようだ。

驚いて声を上げたものの、やっぱり本物の神様なんだ、とも確信した。

「……それになにやら、そなたは東へ帰りたくない理由がありそうだ」

「ああ、六年八カ月も付き合って同棲もしてた結婚間近の恋人に振られて、仕事も失ったらしい」

「ちょっ、ちょっと！　人のプライベートを勝手に話さないでくれる？」

慌てて拓実を制止したけれど、時すでに遅し。ツキヨミさんは不憫そうに私を見ていた。

「そういうことなら話は早いであろう。ふたりとも、どうするのだ？」

キュキュ丸たちがカウンターの端のほうで身を寄せ合って、ツヤッと光る。私たちふたりの決断を見守っているみたいだ。

新しい仕事が手に入る。思い出の詰まった一ＬＤＫから逃げ出すことができる。それに、この〝見える〟状況を元に戻す方法を探すためにも、事情を知っている人が近くにいたほうが便利だろう。

唯一、断る理由があるとするならば……第一印象最悪の店主がいること。

「どうしてもっていうなら、働いてあげてもいいけど」

なにも知らないこの土地で、新しい生活を送ってみたい。たったひとつのデメリットよりも、そんな気持ちのほうが大きかった。

素直になりきれず返事をした私に、拓実は意外そうに大きく目を見開いた。かと思えば、眉間にグッと皺が寄る。

これはまたなにか嫌味を言ってくるのだろう。

そう身構えていた私に、拓実はゆっくりと口を開いた。

「じゃあ、まずはその爪をどうにかしろ」

「……え？」

予想外の言葉に首を傾げる。

「そんなゴテゴテの爪で飲食業が務まるかよ」

『葉月の爪は綺麗だな』と付き合いたての頃に彼が言った。そのひとことが嬉しくて、ネイルサロンには二週間に一度通った。

「あと、髪もうっとうしいな」

『葉月は長い髪が似合うよ』と彼に褒められてからずっと伸ばしていた。結婚式のときにもいろんなアレンジができると楽しみにしていた。

だが、春っぽくピンク色を中心にデザインしてもらったネイルも、垢抜《あかぬ》けを意識したかき上げ前髪のロングヘアも、もう誰のためでもない。この際、さよならを告げるのも悪くないかもしれない。

「うちで働くなら、気合い入れろよ」

カウンターの中で、拓実がフンと鼻を鳴らす。

ツキヨミさんは呆れたような笑みを浮かべていた。キュキュ丸たちは「キュッキュッ」と掃除を再開したようだ。ガラス戸の外では、荒れた庭でモンキチョウを楽しそうに追いかけるお塩ちゃんがいた。

大きく息を吸ってから、私はこう答えた。

「……上等だよ」

お茶の香りが鼻腔をくすぐる。

清々しい春が、私たちのもとに訪れようとしていた。

二煎目　赤福は春風を連れて

「あ、桜」

ふわり、ひらり。花びらが穏やかな四月の風に乗って舞う。どこからやってきたのだろうと見上げた空には、うっすらと綿のような雲がかかっていた。

ばっさり二十センチ切ったグレージュの毛先が首を撫でる。短く切り揃えた爪にも装飾がないのは物寂しかったけれど、指先からも酸素が入ってくるようで息がしやすかった。

「おい、暖簾出したか？」

カララ、と引き戸から顔を覗かせたのは拓実だった。

「ばっちり」

「できたなら戻ってこいよ。準備することはまだまだあるんだから」

若草色の暖簾を指差して頷いた私に拓実はそう声をかけて、すぐに店の中へ入っていく。

私は「はあい」と間延びした返事をした。

午前九時に開店するため、やっておかなきゃいけないことがたくさんあるのは承知している。しかし、どうにもこうにもやる気が出ないのは、私が働きだしてから一週間、いまだにツキヨミさん以外のお客さんを見ていないからだった。

その要因はとてもはっきりしている。

拓実が店の中で茶器を拭いているのを確認して、私は砂利を踏みしめた。いつ野生の動物が出てきてもおかしくない草木の生い茂る荒れた庭を横目に門をくぐる。

ツタのつたうブロック塀に取り付けられた蛍光イエローを前に、仁王立ちをした。

「……今日こそは、このダサい看板を撤去しなくちゃ」

このお店が神様専用の茶屋だということは知っているものの、この【神々よ、ここに集いたまえ】という怪しすぎる文言はどうにも引っかかる。せめて、『神様いらっしゃい』くらいだったらいいものの、なんか上から目線だし。

もし神様たちがこの看板を見つけたとしても、店に入りたくなるとは到底思えない。なにより、周りから浮いた蛍光イエローは伊勢の古きよき景観を台なしにしている。

ちりりん、と鈴の音がする。ブロック塀の上を歩くお塩ちゃんと目が合った。

「にゃ」

外しちゃいなよ、と背中を押すように鳴くお塩ちゃんに、私はコクリと頷く。そして、看板に手をかけた。そのときだった。

「やあやあ、葉月。それから、しお江殿。今日はうららかな陽気で心地よいな。のどかな朝が訪れるのも、我が闇と暗黒の世界の安寧を保っていたからであり……むむ？」

機嫌よさげにこちらに向かってきたのは、夜の神であるツキヨミさんだった。

ツキヨミさんは、ここから歩いて三十分くらいのところにある『月讀宮《つきよみのみや》』という内宮の別宮と、少し離れたところにある『月夜見宮《つきよみのみや》』という外宮の別宮に祀られているらしい。わりと近くに同じ読み方の神社があるとはややこしい。

ツキヨミさんが活動しているのは夜の時間帯ということもあり日中は暇なのか、この一週間毎日、開店と共にやってきていた。

「そなた、その看板を外そうとしておるのか？」

「ちょっとツキヨミさん、声が大きいです」

キョトンと不思議そうに尋ねたツキヨミさんに、慌てて「しーっ」と人差し指を立てる。

看板のダサさについて私が話そうとするたび、眉間に皺を寄せる拓実のことだ。撤去だなんて言えば拗ねるに違いない。

こういうのは設置者を説得してからおこなうべきなんだろうけれど、ただでさえ気が合わない相手から承諾を得られるとは思えなかった。

「拓実が折れたのか？」

ツキヨミさんが口元に手を当てながら、こそこそと聞いてくる。

「折れてないですよ。風で飛んでいったことにでもしときましょう。ほら、ツキヨミさんはそっちを持って――」

「おい」

せっかくなら手伝ってもらおうと指示を出した私を、不機嫌な声が遮った。

「なにが凪で飛んでいくんだよ」

たらりと背中に冷や汗が流れる。

ギギギ、とゆっくり振り向けば、拓実が仁王立ちしていた。

「えーっと、これはその……」

看板を掴《つか》んでいた手を下ろして言い訳を探すものの、なかなかいい案が浮かばない。

助けを求めてツキヨミさんに視線を向けたけれど、すいっと逸らされた。

ブロック塀の上のお塩ちゃんは、我関せずといった顔で日向ぼっこをするように背中を丸めている。

ちくしょう、味方だったはずなのに。

「だって、……ねえ？」

へらりとごまかすように笑ってみるも、拓実はしかめっ面のままだ。

「なんだよ」

「だってこの看板ダサいんだもん」

取り繕うことを諦めて正直に言えば案の定、半日口をきいてくれなかった。

彼と過ごした一LDKを引き払い、衝動的に引っ越しを決めた私は、ひとまず茶屋のある拓実の家に住まわせてもらうことになった。

莉子が住む家に泊めてもらうことも一瞬考えたけれど、〝ひとつ屋根の下の彼〟との幸せな生活の邪魔はしたくない。それに、伊勢の茶屋で働くようになった経緯を伝えるにも、神様が見えるようになったからという自分でも信じられない状況を説明する勇気はなかった。

ただ近所ですれ違う可能性があるから、【伊勢に親戚がいたからお世話になることにした】と嘘のメッセージは送っておいた。

拓実からは『家賃は要らないからとっととアパートを探せ』と圧をかけられてはいるものの、春の引っ越しシーズンに乗り遅れたため、自分の住みたい条件を満たす部屋に巡り会うのはなかなか難しそうだ。

とりあえず、給料をもらうまでは厚意に甘えるつもりでいる……のだけれど。

「お客さんゼロってさすがにやばいでしょ」

そもそも、こんなにもお客さんが来ないのにちゃんと給料がもらえるのか怪しい。居候させてもらう上に給料までもらってしまったら、赤字どころでは済まないだろう。

「ゼロではないぞ。我がいるであろう」

私のぼやきに、カウンター席でかぶせ茶を飲んでいたツキヨミさんが胸を張るが、ツキヨミさん以外のお客さんが来てくれないことが問題なのだからツキヨミさんはノーカウントだ。

というか、ツキヨミさんは毎日来ているけれど、お金のやりとりを見たことがない。果たしてこの店はどのような料金設定をしているのだろう。そして、利益はどのくらいあるのだろうか。

カウンター奥の飾り棚には、ずらりと茶器が並んでいる。色も形もさまざまな急須や湯呑みをこれだけの数集めるのはなかなかお金がかかったのではないか。

茶葉が入っている鮮やかで華やかな柄の茶筒も五つはある。見えていないだけで戸棚にも違う種類の茶葉があったから、これまたけっこうな出費になっているに違いない。

頭の中でそろばんをはじく。

……うん、どう考えても採算が取れない。

定年を迎えて退職金をもらい、ある程度経済的に余裕のある人が趣味でやっているカフェならまだしも、拓実はどうやら私と同じく今年二十六歳になるらしい。この先まだ長いはずだ。

拓実はどんな人生設計をしているのだろう。転職するのも珍しくない時代だから、店をずっと続けるつもりがないのかもしれない。だとしたら、私が再び路頭に迷う日もそう遠くないということか。

「それはちょっとまずいかなあ……」

「あ？　俺の淹れる茶がまずいはずねえだろ」

ぼそっと呟いた声が聞こえていたようだ。庭に面した長椅子で週刊漫画誌を読んでいた拓実が不機嫌そうに顔を上げる。

「お茶のことを言ってるわけじゃないから」

「なんだよ、紛らわしいな」

そう吐き捨てて、拓実は再び漫画誌に視線を落とす。とてもじゃないけれど勤務中とは思えない態度だ。

かく言う私も、カウンターの中で洗い物をするでもなく、キュキュ丸たちがコロコロと転がりながら掃除するのを眺めているだけ。唯一の客であるツキヨミさんは、朝からずっとカウンター席に居座り続けている。

お塩ちゃんはふらっと外へ出ていったきり帰ってこない。ちょうちょでも追いかけているのかな。

もし今、あの引き戸が開いてお客さんがやってきたらどうしよう。

店の中がこんな状態だったら、私が客なら引き返すに違いない。

アニメ化して流行っている鬼退治の漫画に夢中な店主と、オーラは異様に高貴だけれど一日中くつろいでいる神様、それからなにも教わっていない新人。もはや店なのか家なのか分からない空間ができあがっている。

学生時代にドーナツ屋でアルバイトをしたことがあるから、少しくらいなら接客もできると思うけれど、相手は神様だ。うまく案内できるだろうか。

茶器の扱いや開店前の準備、閉店後の片付けはこの一週間でなんとなく身についてきたものの、神様との関わり方には大いに不安がある。

「拓実、ちょっと聞きたいんだけど」

念のため確認しておこうと話しかければ「んー」と気の抜けた声が返ってきた。拓実の視線は漫画誌に向いたままだ。

「お客さんが来たら、いらっしゃいませって出迎えたらいいんだよね？」

「それ以外になんて言うんだよ」

「むむっ、ふたりとも我にはいつも言ってくれぬではないか」

拗ねたように口を挟んできたのはツキヨミさんだった。

確かに、ツキヨミさんが来店したときに声をかけた記憶がない。毎日来てくれているからなおざりにしていたけれど、それだけの頻度で通う常連さんに、『いらっしゃいませ』すら言わないのはよくない。

というか、常連さん相手にきちんとした接客ができていなかったら、ご新規さん相手にはなおさらだろう。

「ほら、お客さんからのこういうご意見もあるわけだし。ちょっと接客マニュアルみたいなのがあるといいなあと思って」

毎度すみません、とツキヨミさんに頭を下げながら拓実に提案をすれば、やっと漫画誌から視線が外れた。

「……ツキヨミさんはお客さんっつうか、友だちだし」

「え？」

ボソボソと歯切れの悪い拓実に首を傾げると、「なんでもねえよ」とぶっきらぼうな声が返ってくる。

さっきまで拗ねていたはずのツキヨミさんは、どこか嬉しそうにお茶をすすった。

「マニュアルなんてなくても、接客くらいなんとかなるんじゃねえの」

漫画誌を長椅子に置いて、面倒くさそうに拓実が立ち上がる。

『看板に文句つけるな』だの、『店の前で吐くな』だの、いろいろと私に注意するくせに店の運営に関してはかなり適当だ。

「大ざっぱすぎない？　出迎えて、席に案内して、そのあとはどうしたらいいの？」

「注文だろ。メニューあるから、それ渡して」

「え、メニューあったんだ」

カウンターの中に入ってきた拓実は、戸棚から四つ折りになっている紙を出してきて「ほら」と私に見せる。

開いてみれば、白いコピー用紙に太めのマジックペンで、【煎茶、かぶせ茶、玉露、ほうじ茶、その他日替わり】と箇条書きで並んでいた。

「……まさかの手書き」

これだと、美容室や車屋さんでサービスで出してもらう飲み物のメニューのほうがよっぽどカフェっぽい。それを口にしたら、うちの店はカフェじゃなくて茶屋だとか、また違う論点での言い争いになりそうだから黙っておく。

それにしても、ここまでとは思わなかった。拓実にお茶を淹れる以外のセンスが抜け落ちているのは、この一週間でなんとなく分かっていたつもりだったけれど、予想の斜め上をいっている。

「手書きのほうが気持ちがこもってて温かい感じがするってネットに書いてあったし」

「一応、そういうのは調べたんだね……」

隣に立つ拓実は、インターネットの情報を味方に少し自信ありげに胸を張った。

多分、インターネットの言う手書きメニュー表は、ある程度のデザイン性があってこそ成り立つものだろう。文字にもう少し丸みがあって可愛い感じならいいかもしれない。色鉛筆でほんわかしたイラストを添えると、それなりに見えるはず。または筆ペンでめちゃくちゃ習字っぽく書いたら、この店の雰囲気にも合うかもしれない。

拓実の文字はお世辞にも綺麗とは言えない。四つ折りにされていたから皺もついているし、メニュー表というよりメモ書きだ。

「せめてラミネートでもしようか」

「ラミネートってなんだよ」

「それはもうスマホで検索して……」

拓実がラミネートを検索するのを、ツキヨミさんが興味深そうにカウンターの向こうから覗くように首を伸ばしていた。

「あと、これ値段がどこにも書いてないんだけど」

一番知りたかった料金設定も謎のまま。

呟いた私に「値段？」とお金をもらうことを微塵《みじん》も考えていなかったかのような、不思議そうな拓実の声が返ってくる。

……もしかすると私は、とんでもなく早まった決断をしてしまったのかもしれない。

結婚資金の二百万円とちょびっともらった退職金があっという間に底を尽きる未来を想像して、頭を抱えたくなった。そんなときだった。

カラ、と引き戸が開く音がした。

「あら、風の噂《うわさ》は本当だったのねえ」

ちゃきっとした年配の女性の声に視線を向けると、そこには恰幅《かっぷく》のいいおばちゃんがいた。

ふくっとお肉がついた頬に、優しそうなつぶらな瞳、パーマがかかったようなふわっとした髪。一見、その辺りにいるおばちゃんと相違なく思えたけれど、白い着物みたいな服を身につけていて、肩にかけている薄い水色のスカーフが羽衣っぽくゆらりと浮いていた。

開いた引き戸から、春の穏やかな風が舞い込んでくる。

「なあに。みんなして不思議な顔して固まっちゃって」

ツキヨミさんにも感じる高貴なオーラが漂っている。このお客さんは、神様だ。

「い、いらっしゃいませ……！」

私は拓実と目を見合わせて、緊張しながら初めてのお客さんを出迎えた。

「ねえ拓実、次はなにしたらいいんだった？」

「知らねえよ、俺もいっぱいいっぱいなんだっつうの！」

「だから接客マニュアルが要るって言ったじゃん」

カウンターの中で、私たちは小声で言い争いをしていた。

ご新規さんはガラス戸側の長椅子に腰かけて、草木の生い茂った庭を眺めている。

さっきまでカウンター席でだらけていたツキヨミさんは、ご新規さんが来るや否やスッと背筋を伸ばしてやたら優雅に座っていた。どうやら、他の神様の前ではシャキッとしていたいみたいだ。

それにしても、こんなに突然お客さんがやってくるとは。営業時間中だし来客があるのは当たり前なんだけれど、今までまったく現れなかったものだから驚いた。

『風の噂』と言っていたけれど、誰かからこの店の話を聞いたのだろうか。それとも、あのダサい看板を見て入ってきたのだろうか。だとしたら、拓実と同レベルのセンスをお持ちなのかもしれない。

「とりあえず、これ持っていって注文聞いてきて」

そう言って拓実が渡してきたのは、お冷とおしぼりののったお盆と、くしゃくしゃのメニュー表だった。

「これ差し出すのはちょっと勇気が要るなあ……」

メモ書きのようなメニュー表にため息をついていれば、「ほら早く」と拓実が急かす。

しぶしぶお盆を持って、私はご新規さんのもとへ向かった。

「失礼いたします。こちらメニューです」

お冷とおしぼりを長椅子の空いているスペースに置いてから、拓実お手製のメニュー表を渡す。

「お決まりになりましたらお呼びください」

両手で受け取ってくれたご新規さんにホッとしつつ、ぺこりと頭を下げる。そのまま戻ろうと背を向けたとき「あらまあ」と驚いたような声が聞こえた。

「なあに、これ」

やっぱりそうなりますよね。

ご新規さんはメニュー表を見て、パチパチとまばたきをしている。

「これを作ったのはあなた？」

「あ、いえ。向こうにいる店主が書いたものです！」

私だったらこんなセンスのないメニュー表は作らない。強めの口調で否定すると、カウンターのほうから拓実のじっとりとした視線を感じた。

ご新規さんはチラリと拓実を見て、「そうなの」と納得したように頷く。

「字の汚さは〝きぬちゃん〟譲りねえ」

「……きぬちゃん？」

口元に手を添えて呟いたご新規さんに、私は首を傾げる。聞いた覚えのない名前だ。カウンターの中にいる拓実を見れば、意外そうに目を丸くしていた。

「ばあちゃんのこと知ってんのか」

きぬちゃん、というのはどうやら拓実のおばあちゃんの名前らしい。声色が少し明るくなった。

「あら。私はあなたのことも知っているわよ、拓実」

名前を呼ばれて、拓実は首を傾げる。ピンときていなさそうな反応に、ご新規さんはこう名乗った。

「私は『級長戸辺命《しなとべのみこと》』という風の神よ。……きぬちゃんの手帳にいろいろと書いてあるんじゃないかしら」

夜の神に、風の神。なんだかすごい神様たちがこの店に集まっている。

ひとり置いてきぼりにされながらポカンと口を開けた私と、ハッとした顔の拓実。

ご新規さんの言うきぬちゃんの手帳に心当たりがあったみたいだ。カウンターの中の戸棚を開けて、がさごそと漁っている。

「これか」

拓実が出してきたのは、黒いレザーのカバーがついた分厚い手帳だった。くたくたで、年季が入っているように見える。

「拓実のおばあさんの手帳が、どうしてこの店から出てくるの？」

戸棚から当たり前のように出てきた手帳に違和感を抱いて質問すれば、拓実は怪訝《けげん》そうに「話してなかったっけ」と私に視線を向けた。

「ここはもともとばあちゃんの店だからだよ」

「あ、そうなんだ」

ダサい看板に書いてあった【リニューアルオープン】の文字は本当だったんだ。つまり、拓実のおばあさんがやっていたお店を拓実が引き継いだということか。

それなら、急須や湯呑みがたくさん並んでいることにも納得がいく。建物も器具も揃っていたため、拓実が店をするにあたって初期費用はそんなにかかっていないのだろう。

店の経営に対してあまり必死な感じがなかったのは、金銭的にはそこまで切羽詰まっていなかったからなのかもしれない。

「この手帳にばあちゃんがなにか書いていたのは知ってたけど……」

そう呟きながら拓実は手帳の留め具を外して、パラパラとめくった。中身が気になってカウンターから拓実の手元を覗き込む。

「わあ」

思わず声を上げてしまった。

手帳にはすべてのページにびっしりと書き込みがあったけれど、いかんせんその文字が読みにくい。そして、ところどころにイラストも描かれているが、どれもこれもヒョロッと手足が長くて妖怪のような見た目をしていた。

「……これ、拓実のおばあさんが描いたの？　なかなか芸術的だね」

言葉を選んで感想を述べる。会ったこともない人に対して失礼かもしれないけれど、あのダサい看板を作った拓実と血縁関係があるというのには疑う余地がなかった。

存在感を消していたツキヨミさんも、どれどれと身を乗り出す。

「なんと書いてあるか解読するのに時間を要しそうであるな」

「ですよね」

「そうか？　俺は全然読めるけどな」

ツキヨミさんも私も首を傾げた文字を、拓実は「えーっと」と読みはじめた。

「これ多分、この店に来たお客さんたちの性格とか特徴とかが書いてある」

「私のページもあるんじゃないかしら」

よっこいしょ、と長椅子から立ち上がって風の神様もカウンター席に移動してくる。

「級長戸辺命……あ、〝シナのおばちゃん〟？」

「あ、そうね。そう呼ばれているわ」

風の神様についての記述を見つけたらしい。拓実が確認するようにページを見せると、「あらやだ」と風の神様は口元に手を添えた。

「これ、私の似顔絵かしら？　すっごく不気味じゃないの」

ふっくらとした頬を描きたかったのか、顔の周りにふたつ丸印が並んでいる。いびつな似顔絵に少し不満げではあるが、このページで間違いないようだ。

「えっと……、シナのおばちゃんは、旦那であるシナのおっちゃんと共に全国各地に祀られている風の神って書いてある」

「旦那さんも風の神様なんですか？」

「『級長津彦命《しなつひこのみこと》』っていうんだけどね、毎日飲み歩いて本当に……まあ、旦那のことはいいのよ」

拓実が読み上げた内容について聞いてみると、シナのおばちゃんは呆れたような表情を浮かべて首を振った。愚痴を言いだしたらキリがなさそうな感じだ。

手帳にはまだいろいろと書いてあるらしく、拓実が続きを読む。

「伊勢神宮でも内宮の『風日祈宮《かざひのみのみや》』と外宮の『風宮《かぜのみや》』に祀られている……って」

「内宮にも外宮にも祀られているんですね」

ツキヨミさんの社《やしろ》も近くにふたつあると聞いていたけれど、シナのおばちゃんもなかなか有名な神様みたいだ。

「あと、渋めに淹れた茶と餡子《あんこ》が好きって書いてある」

お客さんの好みまでメモしてあることに感心していれば、隣で「あ、そうそう。それなのよ」とシナのおばちゃんがポンと手を打った。

「さっきメニューを見せてくれたでしょう。あれ、お茶のことしか書いていなかったけれど、他にはなにもないの？」

「……他って？」

拓実が質問を返せば、シナのおばちゃんは残念そうにため息をつく。

「お茶請けよ。お茶を飲むなら甘いものやしょっぱいものがつまみたくなるものでしょう？」

確かに、カフェでもコーヒーだけを提供している店はごくわずかだ。ほとんどのお店ではケーキやパフェ、軽食などがメニューに並んでいるし、ちょっとした焼き菓子がレジ横に置かれているのもよく見かける。

茶屋だといっても、お茶だけで商売をするのはなかなか難しい話だろう。小皿に盛った塩昆布をお茶とセットにして出しているけれど、それだけでは物足りないお客さんもいるに違いない。

シナのおばちゃんの言葉に、なるほどなあと納得していると、ふてくされたように拓実が呟いた。

「そんなこと言われたって、俺はばあちゃんみたいに菓子なんて作れねえし」

「おばあさんがお店をされてるときは、お菓子もメニューにあったんですね」

拓実のぼやきから推測してシナのおばちゃんに問いかければ、深い頷きが返ってくる。

「今は茶屋なんでしょうけれど、前は和菓子がメインのご近所でも人気のある甘味処だったのよ」

和菓子かあ。作ったことないかも。

彼と同棲する半年ほど前から料理教室に通った。検索すればレシピなんて山ほど出てくる時代に決して安いわけではないお金を払って料理を習ったのは、彼に『おいしい』と褒めてもらいたかったからだ。

毎日頑張って料理をしていた。よき妻になるために、一汁三菜、彩りだって意識した。彼からもらった小花柄の、私の好みよりずいぶん可愛いエプロンをつけて、彼の帰宅時間に合わせてできたてを用意したものだ。

彼からのリクエストに応えるのも好きだったし、献立を考えるのも嫌いじゃなかった。けれど一番いい反応をもらえたのは、お肉と野菜を適当に炒《いた》めて焼き肉のたれで味付けしただけの料理だった。なんだ、と拍子抜けしてしまったのを覚えている。

今思うと、その頃からお互いに疲れていたのかもしれない。

お菓子作りは年に一度、バレンタインデーに手作りチョコを渡すときくらい。一年目は王道の生チョコ、二年目はトリュフ、三年目にはフォンダンショコラ。付き合いが長くなるにつれて、レパートリーがなくなっていくことを嘆いていたけれど、それも幸せなことだったんだろう。

別れる前、最後のバレンタインデーにはいろいろ調べてザッハトルテを作ったものの、甘さが濃厚でふたりでワンホール食べきるのに数日かかったなあ。

約二カ月前の出来事を思い出して、また少し苦しくなった。

洋菓子に比べて、和菓子作りは難しいと聞いたことがある。確か、和菓子職人になるには十年かかるとも言われているような。

そう考えると、人気のある甘味処だったというのはなかなかすごいのでは。

「今じゃ、こんな感じになっちゃったけどねえ」

ガラス戸の向こう、草木の生い茂る庭を見てシナのおばちゃんは眉を下げる。

この店が甘味処だったのはどのくらい前の話だろう。聞いてみようと口を開きかけた私より先に、拓実の不機嫌そうな声が響いた。

「こんな感じってなんだよ」

「ちょ、ちょっと」

拗ねはじめた拓実を慌てて止める。

「お客さんに……っていうか、神様に向かってそんな口調で」

シナのおばちゃん、なんて呼んでしまっている時点で失礼な態度には変わりないかもしれないけれど、バチが当たりそうだ。

それに、昔ここが人気の甘味処だったときのことを知っているお客さんからしたら、今の店の雰囲気はかなり寂しいものだろう。最近来たばかりの私ですら気になるところはいくつかあるし。まあ、それを改善するように促しても聞き入れてもらえないのだけれど。

ふと考える。私ひとりで看板がダサいだのメニューがメモみたいだの騒いでいてもどうしようもない。でも、シナのおばちゃんが味方になってくれたら……。

「ほら、お客さんもこう言ってることだし。やっぱりあのダサい看板は外したほうがいいんじゃない？」

コロッと表情を変えて提案をした私に、「はあ？」と拓実はしかめっ面を向ける。

「あら。それはあなたも気づいていたのね」

シナのおばちゃんは嬉しそうに私を見て、満足げに頷いた。

「他に気になることはある？」

「メニュー表がくしゃくしゃなのも気になるし、どんな値段設定をしているかも気になります。あとは、もっと統一感が欲しいというか、接客マニュアルみたいなのもあったらいいなあと思うし、いっそのこと制服があってもいいかなあ」

ここぞとばかりに要望を口にする。

拓実はポカンと口を開け、シナのおばちゃんは「あっはっは」と楽しそうに笑い声を上げた。ツキヨミさんは気まずそうな顔で、湯呑みに残っていたお茶をすすっている。

「この店が賑わうための改善点は、もうだいたい出揃っているじゃないの」

ちりん、と鈴の音が聞こえた。お塩ちゃんが戻ってきたのだろう。

「とりあえず、できるところから直していくのがいいわ。接客マニュアルはなくてもいいけれど、今よりもっと笑顔で挨拶できるように練習したほうがいいわねえ。制服は私とツキヨミさんの知り合いに衣食住の神がいるから、お願いしておきましょう。ね、ツキヨミさん」

「えっ」

急に名前が出てきて驚いたのか、ツキヨミさんはバッと顔を上げた。

「えっ、じゃないでしょう。トヨさんのところに行って、作務衣を二着お願いしてきてちょうだい」

「な、なぜ我がそのようなことを……」

「ほらほら、思い立ったが吉日よ」

完全にパシられている。ツキヨミさんは不満げだったけれど、シナのおばちゃんに急かされて店から出ていった。おばちゃんが強いのは人間の世界でも神様の世界でも一緒のようだ。

それにしても、衣食住の神様なんているんだ。月や風とはまた少し違うタイプの神様なのかな。

「それから、拓実」

「……なんだよ」

まだふてくされたままの拓実は、むすっと視線を向ける。

「あの看板、外してきてちょうだい」

「は、はあああ？」

躊躇《ちゅうちょ》なく言い放ったシナのおばちゃんに、拓実は思いっきり顔をしかめた。

「あの看板は、俺がデザインを一から考えて作ったやつで……」

自分なりには満足のいく看板だったのだろう。納得できずにブツブツと呟いている拓実に、シナのおばちゃんはこう告げた。

「突風で飛ばしてあげてもいいのよ」

さすがは風の神様だ。

不満げではあったものの、拓実は仕方なさそうにトボトボと店の外へと出ていった。

「私が言っても全然外そうとしなかったのに」

やっぱりおばちゃんの威力はすごい。

感心して見ていた私に、「さて」とシナのおばちゃんは向き直る。

「あなた、名前は？」

「葉月です」

そういえばまだ名乗っていなかった。背筋を伸ばして答えると、シナのおばちゃんは「葉月ね」と呟いてからふっくらとした頬を緩ませる。

「葉月は、料理ってできるの？」

「簡単な家庭料理くらいなら、できると思いますけど……」

多分、お茶請けについての相談だろう。

渋めに淹れたお茶と餡子が好きなシナのおばちゃんは、私が和菓子を作れるかを確認している。

でも、私は調理師免許を持っていない。なにより店主である拓実がここをどんな店にしたいのか知らない。教えてもらった仕事もほとんどなく、信頼されるにはまだまだ時間を要しそうな拓実を無視して勝手に和菓子を作って提供するのはダメだろうし、和菓子を作れる気もしなかった。

彼の胃袋を掴めなかった私のお菓子では、神様たちは満足してくれないだろう。

きっと今までにもたくさんのおいしいものを食べてきたに違いない。

「神様たちって、普段はどんなものを召しあがるんですか？」

ふと疑問に思って尋ねてみると、質問が返ってくるとは予想していなかったのか、シナのおばちゃんは一瞬キョトンとしてから「そうねえ」と口元に手を添えた。

「基本的に私たちは、人々からの信仰心があれば、なにも食べなくても大丈夫なの。

お祭りのときに供えてもらう食べ物に口をつけることもあるけれど、だいたい素材の味が引き立つような味付けだから物足りなくてね。私はこの店で食べる和菓子がとっても好きだったのよ」

そう言って、シナのおばちゃんは残念そうにため息をつく。

せっかく来てくれたのだから、喜んで帰ってもらいたいところだ。

神様を相手に商売をするのであれば、この店に来ないと食べられない〝限定品〟みたいなものがあったほうがいい。拓実の淹れるお茶はすごくおいしいけれど、その他にもこの店に来たい理由になる看板商品が必要だ。

お客さんからの需要があって、でも私たちにとっては供給しやすいもの。……うーん、ダメだ。思いつかない。

そもそも神様が〝見える〟ようになってからまだ数週間しか経っていない。ツキヨミさん以外の神様とまともに話をしたのもシナのおばちゃんが初めてだ。神様たちのことを知らないのに、需要など分かるはずもない。

とりあえず、今から急に商品を作るのは難しいから、どこかでおいしいお菓子でも買ってこよう。それで、また拓実に相談してみよう。

「シナのおばちゃん、この近くに売ってるお菓子で食べたいものってありますか？　作れる気がしないので、今日のお茶請け用になにか買ってきます」

「え？　葉月が買ってきてくれるの？」

あとで拓実にも事情を説明しよう。そう思いながら問いかけると、シナのおばちゃんは目を輝かせた。

「他のお店のものをお茶請けにするので、店としてはちょっと申し訳ないんですけど」

「それは構わないわよ。むしろ、お取り寄せみたいで楽しいわ」

確かに、お客さんの食べたいものを代わりに買いに行くわけだから、注文を受けて配達するデリバリー業者みたいな感じかもしれない。

そこまで考えて、ふと気づく。

「お取り寄せ……」

おはらい町にはたくさんの土産物店や飲食店が並んでいたけれど、お供えされない限り神様たちはその食べ物を口にすることはできないのでは。私や拓実が神様たちの代わりにおつかいに行けば、お茶請けを用意することもできるし、手数料としていくらか稼ぐこともできるのではないだろうか。

むくむくと淡い期待が胸に膨らむ。

「葉月？」

ビジネスモデルを描いていた私を、シナのおばちゃんが不思議そうに呼んだ。

「あ、すみません。ご希望のお菓子は思いつきましたか？」

我に返って背筋を伸ばす。

シナのおばちゃんは「うーん」と首を傾げてから、こう呟いた。

「定番だけれど、『赤福《あかふく》』がおいしいのよねえ」

「赤福、ですか」

赤福といえば、三重のお土産としてよく耳にする名前だ。伊勢を歩いていても、赤い文字で【赤福】と書いた小さな看板がついた電信柱がいくつも並んでいる。

だいぶ前に食べたことがあるような気がするけれど、記憶が曖昧だ。確か、餡子にお餅が包まれていたような。

「承知しました。それじゃあ、買いに行ってきます」

「あ、待って葉月」

財布とスマホを持って出ていこうとした私を、シナのおばちゃんが呼び止める。

「せっかくだから、私も一緒に連れてって」

お店の場所もいまいち分かっていなかった私が「もちろんです」と頷けば、おばちゃんは嬉しそうにふわりと立ち上がった。

「うわあ、すごい人ですね」

四月の上旬、土曜日の午後二時。

ちょうど眠たくなる暖かさの中、路地裏からおはらい町通りに出ると、辺りは観光客であふれていた。

「そうねえ。日中にこの辺りを歩くのは久しぶりだわ」

シナのおばちゃんはふわふわと羽衣をなびかせながら、笑みを深めている。

「おい、あんまりきょろきょろすんなよ」

浮かれる私たちに水を差すのは拓実だった。店から出てすぐ、ブロック塀から看板を外し終えていた拓実に赤福を買いに行くと伝えると、無言でついてきたのだ。

「ちょっとくらい楽しんだっていいでしょ」

「さっさと買って店に戻らねえと、次の客が来るかもしれないだろ」

「いや、そう思うんだったら拓実は店で留守番してればよかったのに」

ボソッと呟いた私に「あ？」と拓実は不機嫌そうな声で聞き返す。

「なんでもない」

波風を立てないように首を横に振って石畳の上を進もうと足を踏み出せば、グッと腕を引っ張られた。

「店はこっちだっつうの」

「……それは知らなかった」

面倒くさそうにため息をついた拓実におとなしくついていく。そんな私たちのやりとりを、シナのおばちゃんはクスクスと笑って見ていた。

内宮門前町のちょうど中心部、お伊勢参りがさかんだった時代の町並みを再現した『おかげ横丁《よこちょう》』というエリアの入り口にある常夜燈。その隣に並ぶ大きな招き猫の石像は写真スポットとして人気のようだ。

私たちより少し若い学生のグループが順番に写真を撮り合っているのを横目に、反対側にどっしりと構える歴史を感じる建物を見上げる。『五十鈴川《いすずがわ》』に面した趣ある建築物には、【宝永四年創業】と書かれた看板が掲げられていた。

「宝永っていつの時代？」

「江戸時代じゃね。多分、三百年くらい前」

そんなに昔から続いているのか。さすが、伊勢初心者の私ですら聞いたことのある赤福の本店だ。

店の近くにかかる新橋を渡る観光客も多いためか、ただでさえ賑やかな門前町の中でもひときわ活気にあふれている。

「いいわねえ、この感じ。わくわくするわね」

シナのおばちゃんはふっくらとした両頬に手を添えて、目を輝かせていた。

「そうですね。さっそく並びましょうか」

「おい」

新橋の近くまで伸びた行列を見て声をかけた私の腕を、またもや拓実がグッと引っ張る。今度はどうしたのかと首を傾げると、拓実はチラリと周りを見回してから、私に耳打ちした。

「うちの店の中だったらいいけど、こういう場所であんまり堂々と神様に話しかけんなよ。周りには見えてねえんだから」

そうか、確かに。

他の人たちにシナのおばちゃんが見えていないということをすっかり忘れていた。シナのおばちゃんがあまりにも自然体で、いい意味で神様っぽくないからかもしれない。

考えてみたら、神様と一緒に外出をするのは今日が初めてだ。拓実は、神様たちとの関わり方もまだ分かっていない私がシナのおばちゃんと一対一で外出するのを心配してついてきてくれたのだろうか。

「あの、拓実——」

「さっさと買って帰んぞ」

ありがとう、と言いかけた私を遮るように拓実はふいっと目を逸らす。

「あらまあ、照れてるのね」

シナのおばちゃんが面白そうに呟いた。

「ですね、多分」

「聞こえてんだよ。照れてねえっつうの」

小さな声で同意した私に、拓実は強い口調で否定した。拓実の性格がだいぶ分かってきた気がする。

私とシナのおばちゃんを置いてずんずんと先に列に並んだ拓実の不器用な感じがおかしくて、私は思わず笑ってしまった。当然のごとく、拓実はへそを曲げた。

赤福の本店では、お土産用の折箱の他に店内で食べられるセットも販売されているようだ。情緒あふれる座敷席はほぼ空いたスペースがなく、お客さんで埋め尽くされている。店の奥のほうには五十鈴川を眺めながら食べられる縁側の席があるようで、そこが空くのを立って待っている人もいた。

「おい、進んだぞ」

「あ、うん」

店内の様子をガン見していた私を拓実が呼んでくれる。

列は長かったけれど、お土産として買って帰る人が多いのか回転は速いみたいだ。あと三組くらいで私たちの番になる。

ふと右側に視線を向けると、赤い大きな釜が並んでいた。

こんなに大きな釜でなにをするのだろう。

「この釜で沸かした五十鈴川の伏流水で、茶を淹れてんだよ」

私の考えていることを読んだかのように拓実が説明してくれる。さすが、お茶の話になると詳しい。

「その水を使うとおいしくなるの？」

「五十鈴川は清流って呼ばれてるからな」

清流がどういうものかあまり知らないけれど、きっと綺麗な水なんだろう。「へえ」と相槌を打っていれば、「お次のお客様」と声をかけられた。私たちの番がやってきたようだ。

「十二個入り、ひとつください」

お塩ちゃんやキュキュ丸たちが食べるか分からないけれど、八個入りだと足りない気がした。無難そうな十二個入りを店員さんに伝えて、お金を払う。

おつりをもらい、透明のビニール袋に入ったピンクの箱を受け取った。ビニール袋には本店の建物のイラストが印刷されていて、限定な感じが可愛い。

せっかくだし、と店を出たところで素早くカメラアプリを起動する。実際の建物とビニール袋のイラストが写る角度を調整して、シャッターボタンを押した。趣のある古い建物が春の晴れた空とよく映えている。

「すみません、お待たせしました」

納得のいく写真が撮れた私はスマホをしまい、待っていてくれたシナのおばちゃんと拓実に小さく頭を下げた。

「いいわよ。上手に撮れた？」

「はい、ばっちりです」

頷いた私に「よかったわねぇ」とシナのおばちゃんは笑みを向ける。

「それじゃあ、さっそく店に戻って――」

「ちょっと待て」

できたての赤福を食べようと意気込む私を、拓実の声が遮った。

「その前にもう一軒、行きたいところがある」

そう言うや否や、拓実はスタスタと歩きだした。どこへ行くとも告げずに進んでいくものだから、私はシナのおばちゃんと顔を見合わせて首を傾げる。

とりあえずついていってみよう、と見失わないうちに拓実の背中を追いかけた。

「拓実、行きたいところって？」

赤福本店の隣、これまた情緒あふれる大きな建物の前で立ち止まっていた拓実に声をかける。鮮やかな緑色の短い暖簾がパタパタと風で揺れていた。

「ここ」

「え、あ、ここ？」

もっと先に進むのかと思ったら、用があったのはこの店だったらしい。

店先に斜めにかかっている、暖簾と同じ緑色の幕には【五十鈴茶屋《いすずちゃや》】と白色の文字で書かれていた。和菓子を取り扱っている甘味処のようで、季節の和菓子として【花筏《はないかだ》】【神宮《じんぐう》つつじ】【胡蝶《こちょう》の舞《まい》】という名前が貼り出されている。

「素敵なお店……」

伊勢の町並みと調和のとれた店構えに感心している私を置いて、拓実はガラス戸を開けて店に入っていく。慌ててあとを追うと、柔らかなお茶の香りがした。

店内はお屋敷のように広い。いろんな大きさのテーブル席が設置されているため、グループの人数に合わせてゆったりできそうだ。

奥の窓の向こうには枯山水《かれさんすい》の庭園が広がっている。松の木は美しく剪定《せんてい》されていて、なんだか優雅だ。窓際のカウンター席から庭園を眺めながら食べる和菓子は、さぞおいしいだろう。

「あの店の庭も、昔は綺麗だったのよ」

私の視線をたどったのか、シナのおばちゃんが懐かしそうに呟いた。

あの草木の生い茂る庭もいつか整備しなくては。そう思ったものの、あれだけひどい状態の庭を戻すにはかなり時間がかかりそうで、ちょっと気が重かった。

「よし、買えた」

店の様子を見ている間に、拓実は買い物を終えたらしい。満足げだ。

「なにを買ったの？」

質問に答える代わりに、私に袋を渡してきた。中を覗けば、茶色く細長い紙袋のようなものが入っている。この形は見覚えがある。

「お茶の葉？」

「そう。赤福本店で出されているほうじ茶の茶葉、この店で売ってんだよ。せっかく赤福食べるんだったら、それに合う茶が要るだろ」

太字で【ほうじ茶】と書かれたラベルには赤福の赤いロゴも入っている。茶葉まで売られていることに衝撃を受けつつも、赤福を食べたいというシナのおばちゃんの要望に応えてお茶のことまで考えていた拓実が意外で面食らってしまった。

隣でシナのおばちゃんも嬉しそうに微笑んでいる。

「……なんだよ。さっさと戻んぞ」

気恥ずかしかったのか、拓実はふいっと顔を背けて先に歩きだしてしまう。

私はシナのおばちゃんと一緒に「はーい」と返事をして、その背中を追いかけた。

拓実がカウンターの一角にある釜の蓋を開けると、ほわんと湯気が上がる。柄杓でお湯をすくう手元はいつ見ても綺麗で、思わず見とれる。

「所作が美しいわね」

お茶を淹れる動きが一番よく見えるカウンター席に座ったシナのおばちゃんも、頬を緩ませてそう言った。

ほうじ茶の適温は百度らしく、以前かぶせ茶を淹れてもらったときのようにお湯を冷ますことなく拓実は急須にお湯を注ぐ。熱湯のほうが香りをしっかり味わうことができるからだそうだ。

「ほうじ茶のときは砂時計も使わないの？」

「抽出時間が三十秒なんだよ。ハッピーバースデイ歌ったほうが早いだろ」

「え、それなら歌おうか？」

「要らねぇよ」

心の中で数えているのか、とても迷惑そうな顔をされた。

「それより、そろそろ赤福も皿に出しておいて」

拓実からの指示に従って、さっき買ってきた折箱をビニール袋から出す。

ピンク色の包装紙には【伊勢名物赤福】の文字と共に伊勢神宮らしきイラストが描かれていた。びりびりに破るのはもったいなく感じたため、裏側から慎重に開ける。

箱の中には十二個の赤福がみっちりと並んでいた。こしあんで包まれたお餅には、三つの筋がついている。

キュキュ丸たちも興味があるのか、箱の周りに集まってきていた。シナのおばちゃんが何個食べるか分からないけれど、余ったらチャンスがありそうだよ、と目配せをする。ひとまず、折箱の中から二個を取って黒い小皿の上に盛りつけた。

「お盆にのせて」

ちょうどほうじ茶も淹れ終えたらしく、湯呑みと一緒に赤福を並べる。

「お待たせしました」

そう言って拓実がお盆をカウンターに置く。

「いい香りねえ」

シナのおばちゃんは嬉しそうに口元をほころばせて「いただきます」と手を合わせた。

まずはほうじ茶の入った湯呑みを手にとる。ふうと息を吹きかけながら、ゆったりとした動作で口をつけたシナのおばちゃんは、ごくりと喉を鳴らして顔を上げた。

「うん。おいしいわ」

おばちゃんからの言葉に、拓実は照れくさそうにフンと鼻を鳴らす。

「赤福もいただくわね。……あ、そうだ」

いいこと思いついた、と両手をポンと叩《たた》いたシナのおばちゃん。なんだろうと首を傾げた私たちに、こんな提案をした。

「せっかくだから、みんなで食べましょうよ。まだいくつも残っているんでしょう?」

「えっ、いいんですか?」

思いがけないお誘いにすぐ食いついてしまった私を、隣で拓実が「おい」と咎める。そうだ、勤務中だった。

がっくりと肩を落とす私に、シナのおばちゃんは「まあまあ」と声をかけてくれる。

「私だけで食べても味気ないし、感想も話したいわ。いいでしょう、拓実」

流し台を転がっていたキュキュ丸たちも期待に満ちた目で拓実の様子を窺っている。

どこから話を聞きつけたのか、ちりんと鈴の音がしたかと思えば、シナのおばちゃんの隣のカウンター席にお塩ちゃんも座っていた。

「……茶淹れるわ」

拓実が仕方なさそうにそう言ったのを聞いて、小さくガッツポーズをする。追加でほうじ茶を淹れる拓実の隣で、私はいそいそとみんなの分の赤福を小皿に盛りつけた。

「これは拓実の分、こっちは私の分、それからお塩ちゃんとキュキュ丸と……」

そこまで用意して、ふとツキヨミさんの顔が脳裏をよぎる。衣食住の神様に私たちの制服を頼みに行ったきり、まだ戻ってきていない。

「拓実、ツキヨミさんの分はどうしよう」

「餅が硬くなるだけだし、帰ってきてからでいいだろ」

確かに、それもそうか。

拓実の言葉に頷いて、箱に蓋をした。キュキュ丸たちの分は食べやすいように、ひと口サイズに切っておく。

「シナのおばちゃん、ありがとうございます」

「お礼を言われるようなことはなにもないわよ。ほら、早く食べましょう」

シナのおばちゃんに急かされるように、みんなにお皿を配り、私と拓実が座る用の折りたたみの椅子をふたつ用意した。

お茶を淹れ終えた拓実も隣に腰かけて、ふうと息を吐く。

「それじゃあ、いただきます」

シナのおばちゃんに会釈をしながら、私たちも赤福をいただくことにする。

木でできた菓子切りで赤福をひと口大に切る。お餅だから切りにくいかと思ったけれど、想像以上に餡子がたっぷりでお餅も柔らかく、スッと切ることができた。

ぱくりと口にすると、こしあんの上品な甘さが広がる。歯を立てずとも口どけがよく、甘すぎず、まろやかな餡子だ。切ったときはお餅に対して餡子の量が多いように感じたけれど、どっしりしすぎていることもなく、シンプルなお餅と絶妙にマッチしていた。

「どうかしら」

「おいしいです、とっても」

シナのおばちゃんの問いかけにしっかりと答えて、今度は湯呑みに手を伸ばした。

高温で淹れているためか、いつものお茶よりも湯気が多い。すうっと息を吸うと香ばしいほうじ茶の匂いがほわんとした。この香りだけでもとても癒される。ふうっと息を吹きかけてから湯呑みに口をつけると、熱さと共にすっきりとした軽い苦味を感じた。

赤福の餡子の上品な甘さを際立たせているようにも思える。さすが、赤福オリジナルブレンドのほうじ茶だ。

「はあ、ほっこりする」

これはまたおいしい。感想を口にすると、隣で拓実はフンと鼻を鳴らした。まんざらでもなさそうだ。

キュキュ丸たちは口の周りにたっぷり餡子をつけて、嬉しそうに頬張っている。お塩ちゃんもぺろっと完食して、ほうじ茶が冷めるのをじっと待っているようだった。

「久しぶりに食べたけれど、やっぱり赤福っておいしいわねえ。長年愛されている定番商品なだけあるわ」

何個食べても飽きないものね、とシナのおばちゃんは二個目に手を伸ばしている。

その言葉を聞いて、私はさっきぼんやりと描きかけていたビジネスモデルを思い出した。

「あの、ひとつ気になったんですけど。神様たちってあれ食べたいなあとか思うことありますか？」

「どういうこと？」

シナのおばちゃんが首を傾げる。隣で赤福を切っていた拓実も、不思議そうに私を見た。

「神様ってなんでも手に入れられそうだから。食べたいものがあっても、自分でどうにかするのかなって思いまして」

「ああ、それは得意不得意があるわよ。私は風の神だから、今日みたいに甘い物が食べたくなっても自分でなんとかすることはほとんどないわね」

「うーん、なるほど……」

つまり、私の考えている事業は一部の神様にとっては需要がありそうということか。

シナのおばちゃんの話を聞いて、さらに思考を巡らせる。

「お前、さっきからいったいなんの話をしてんだよ？」

拓実が怪訝そうに眉を寄せた。

そうだった。利益がどうこう考えるよりも先に、店主である拓実にも話を聞いてもらいたい内容だった。でも、まだ構想段階のことをどう伝えたら分かりやすいだろう。

お茶を淹れるのはとっても上手だけれど経営のことなんてこれっぽっちも頭になさそうな拓実に、すんなり落ちる説明はあるだろうか。

「な、なんだよ」

拓実の黒い瞳をじいっと見つめて言葉を選ぶ。

お客さんの注文を聞いて、代わりにお茶請けを買ってきて、合うお茶と一緒にこの店で提供する。お取り寄せのできる茶屋。

「〝おつかい茶屋〟ってどうかなあ」

「……おつかい？」

一番しっくりきた表現を言葉にすると、拓実とシナのおばちゃんは揃って首を傾げた。

「これはあくまで私の考えなんだけれど、このまま神様相手にお茶だけで店を続けるのは正直難しいと思うのね」

拓実がなにか反論したげに口を開いたけれど、ひと呼吸置いてグッと閉じた。少し自覚があったのだろう。私の声に耳を傾けようとしてくれているみたいだ。

「拓実のおばあさんがお店をやっていた頃みたいにお茶請けを作ることができたら状況は変わるかもしれないけれど、私たちにそのスキルはまだないよね」

自分の考えを伝えるというのはなかなか勇気がいる。私の浅はかな思いつきで、本当にうまくいくという保証はない。だけど、私の給料のためにもここでひとつ提案する必要があった。

「だからね、神様たちに頼まれたお茶請けを私たちが買いに行って、この店で食べてもらうのはどうかなって」

　ちゃんとした仕組み作りをするのに少し時間はかかるかもしれないけれど、このシステムなら需要もあるだろうし、利益も見込める。

「まあ、拓実がお茶だけにこだわりたいんだったら無理強いはしないけどさ」

　一応そう付け足して、拓実の反応を窺う。

　いろいろと思うところがあるのだろう。その視線は食べかけの赤福に向いていた。表情はやっぱり硬くて、あー言わないほうがよかったかな、と少し後悔する。

　助けを求めるようにシナのおばちゃんを見ると、にこにこしながら赤福を食べていた。あくまで、自分たちで決めなさいというスタンスらしい。

　お塩ちゃんはほうじ茶もぺろりと舐《な》めて興味がなくなったのか、また気まぐれにちりんと鈴を鳴らして店の外へ出ていく。赤福を食べ終えたキュキュ丸たちは、ゆっくりと掃除に戻っていた。

「拓実」

　なかなか返事のない拓実に、不安になって声をかけてみる。

「えっと……」

「びっくりした」

なにか言ったほうがいいかと口を開いたとき、拓実はぽつりと呟いた。

思わず「え？」と聞き返せば、拓実の黒い瞳が私を見る。

「しようもないこと言うのかと思ったら、わりと真面目によさそうな案を出すから、びっくりした」

「え、それ、褒めてる？」

意外そうな口調の拓実に確認するように尋ねると、フンと鼻息が返ってきた。照れているのか、すぐに視線が逸らされる。

シナのおばちゃんは「ああ、おいしいわあ」とほうじ茶をすすっていた。目尻が垂れて、なんだか満足げに見える。

どうやら私の提案は可決されたみたいだ。

「面白そうな茶屋があるって、風の噂でも流しておこうかしらねえ」

風の神、シナのおばちゃんがふふっと笑った。

「おい、そうと決まればさっそく新しいメニュー表を作んぞ」

乗り気な拓実が腕まくりをする。やる気が変な方向にいかなきゃいいけど、と心配しつつも自分の考えが受け入れてもらえたことが予想以上に嬉しかった。

お塩ちゃんが出ていった引き戸の隙間から、ふわりと風が舞い込んでくる。暖かく、柔らかい春の風だ。

「料金設定もちゃんと考えて作ろうね」

頭の中でそろばんをはじく。

赤字から脱出できそうな糸口を見つけて、私たちは珍しく意気投合したのだった。

三煎目　草抜き勝負とおにぎりせんべい

――ピピピピ、ピピピピ。

近くでアラームが鳴っている。ついさっき、あと五分寝ようとかけ直したばかりなのに、もうそんなに時間が経ったのか。

「うーん……」

枕元に置いてあるはずのスマホを手探りで探す。だいぶ腕を伸ばしたところでいつもの感触を発見し、薄目を開けた。

アラーム停止のボタンをタップして、時刻を確認する。

「七時四十分……まだいける……」

まぶしい朝の日差しが障子を照らしていたけれど、私は七時四十五分にアラームを設定し直した。

よし、これであと五分寝られる。

再び目を閉じて、布団に潜り込もうとしたときだった。

「おい、お前いつまで寝てんだよ！」

そんな声と共に、スパーンと勢いよく襖を開ける音が聞こえた。

驚いて視線を向ける。部屋の入り口に作務衣姿の拓実が仁王立ちしていた。まだアパートが見つからない私は相変わらずここに住まわせてもらっているのだ。

「うっわ、嫌な目覚めだわ……」

「さっきから何回アラーム鳴らしてんだよ。ピーピーうるせえんだっつの」

目をこすりながら呟く私をよそに、拓実はずかずかと部屋に入ってくる。

「ちょ、なに勝手に入ってきてんの!?」

「あ？　俺の家だろ、ここは」

それはそうだけれど、同い年女子の部屋に無断で足を踏み入れるなんて信じられない！

悪びれる様子もない拓実を睨みつけてみるものの、気にも留めずに近づいてくる。

「ていうか、ノックもせずに襖開けないでくれる？　着替え中だったらどうするつもり？」

「別にどうもしねえし。おら、さっさと起きろ」

「あ、ちょっと！」

抵抗も空しく、バサッと布団を剥がされた。あまりにも無情すぎる起こされ方だった。

気温はだいぶ高くなってきたから、布団を被らなくても眠れそうだけれど、すぐそばで私を見下ろす拓実がうるさそうだ。

「今日は天気がいいから布団干すの手伝えよ。あと冷蔵庫の中になにもないから、着替えたらすぐ買い出し行って。朝九時のタイムセールが安いんだよ。これ、買い出しリストな」

「ああもう、起きてすぐの人間にそんないろいろと指示しないでよ」

しぶしぶ上体を起こして、差し出されたメモを受け取る。相変わらずクセの強い文字を解読するのに目をこらした。

「敷布団持ってこいよ。あと俺が店番するから、取り込むのは全部お前がやっといて」

「げ……」

げんなりして顔をしかめた私に、拓実は「ついでにお前、寝癖ひでえな」と言い残して去っていく。

いやいや、勝手に拓実が部屋に入ってきたのに、なんで私はディスられたの？　いつもひとこと余計すぎない？

「……むっかつく！」

苛立ちを小さく口にすれば、いつの間にか廊下にいたお塩ちゃんが呆れたように「にゃ」と鳴いた。

爽やかな風が吹き抜ける五月中旬。伊勢に来てからあっという間に一カ月が経った。

『おつかい茶屋』制度をはじめてお客さんの数は微妙に増えたものの、めちゃくちゃ忙しいというわけでもない。それなのに毎日が過ぎるスピードが異常に速いのは、雇い主である拓実にこき使われているからだろう。

「うわあ、今日も人多いなあ」

伊勢神宮内宮の門前町は、いつ来ても人であふれている。そこがこの町の楽しいところではあるのだけれど、両手に荷物を持った今、少しげんなりしてしまうのも事実だった。

「これ絶対、ひとりで買い出しに行かせるような量じゃないでしょ。人使い荒すぎるんだけど、あの店主」

「だから我もついてきてやったのだぞ」

拓実への愚痴をブツブツと呟く私の隣で、全身黒づくめの神様が胸を張る。

「ツキヨミさんいても荷物持ってもらえないし。ていうか、ツキヨミさんは散歩したかっただけでしょう」

今週、伊勢神宮では『風日祈祭《かざひのみさい》』という五穀豊穣《ごこくほうじょう》を祈るお祭りがあるらしい。風という字がつくくらいだから、主役は風の神様だそうだ。あれからちょくちょく店に顔を出してくれるようになったシナのおばちゃんは、お祭りに向けて旦那さんと大忙しなのだとか。

そして、これが伊勢という地域の面白いところだなあと思うのだけれど、神様たちのお祭りに合わせて門前町でもさまざまなイベントが開催されるのだという。

ツキヨミさんが買い出しについてきたのも、おかげ横丁でやっているという『風《かぜ》の市《いち》』に興味があったからだろう。

私も初めて見るイベントだから、どんな感じなのか気になってはいたけれど、これだけ大荷物を抱えることになるとは。あとで拓実に、干していた布団を取り入れるの手伝ってもらおう。

よいしょ、とエコバッグを肩にかける。二リットルのミネラルウォーターがずっしりと重い。

「頑張るのだ、葉月。あと少しで風の市であるぞ」

ツキヨミさんの声援を受けながら、なんとか前に進む。午前十時、ちょうど観光客が増える時間帯だった。

観光地をひとりで歩く、作務衣姿でエコバッグを抱えた二十五歳女性。周りの人々にはどこかの店員さんだろうなと思ってもらえるだろうから、作務衣でちょうどよかったかもしれない。

ちなみにこの作務衣は、以前ツキヨミさんの知り合いだという衣食住の神様からいただいたものだ。拓実は紺色、私は桜色。神様の特別な力が込められているらしく、毎日着ても汚れ知らずで、一枚でも暖かく動きやすい。

いつかお礼を伝えたいなあと思っているけれど、まだうちの店に来てもらったことはなかった。

「それにしても、こんなにいい天気の日にパシられるとは」

空はよく晴れているものの、暑すぎもせず、寒すぎもせず。せっかくなら網戸にして、そよそよと風を感じながら昼寝でもしたい気候だ。洗濯日和と呼ぶにふさわしい天気だろう。

そんなことを考えていたときだった。

「あれ、葉月？」

後ろから声をかけられた。

振り向くと、大学時代の友人である莉子がひらひらと手を振っていた。その隣には〝ひとつ屋根の下の彼〟もいる。

「あ、莉子。えっと……〝松之助《まつのすけ》さん〟もお久しぶりです。この前はありがとうございました」

莉子から教えてもらった名前を口にして、ぺこりと挨拶をする。

莉子とはメッセージアプリでやりとりをしていたけれど、顔を見て話すのはなんやかんやで一カ月半ぶり。ふたりの働く居酒屋でベロベロに酔っ払ったとき以来だ。

「こちらこそ。あのあと大丈夫やった？」

「はい。おかげさまでなんとか」

心配そうに尋ねてくれた松之助さんに頷く。

黒い薄手のニットにすっきりしたシルエットのデニムを合わせていて、店で会ったときの作務衣姿よりも若く見える。その右肩には、私が持っているのと同じくらい荷物が入ってそうなエコバッグがかかっていた。どうやらふたりも買い出しに行っていたみたいだ。

「やっぱ一緒に行くよねえ、普通」

ひとりで行ってこいという鬼のような上司は拓実くらいだろう。

「え？」

小さくぼやいた私に、莉子が不思議そうに聞き返してくる。「なんでもないよ」と首を振れば、「ならいいんだけど」と言って、莉子はじっと私を見る。

「それにしても、髪の毛すごく思い切ったんだね」

「髪……あ、そっか。切ってから会ってなかったね」

一瞬キョトンとしてしまった。大学時代からずっと伸ばしていたロングヘアをかなり短くしたのに、指摘されるまで忘れていた。自分の中ではわりと大きな出来事だったはずが、すっかり馴染《なじ》んでいるという事実に驚きつつ首に手を当てる。

「軽くなったし、ドライヤーで乾かす時間も短くなったし、だいぶ楽だよ」

「そっか。葉月はそのくらいの長さも似合うね」

「ほんと?」

莉子の言葉にニヤけながら、肩につかない髪を揺らした。

「ところで葉月、その格好って……」

ふと莉子の視線が私の顔から服装へと移る。

そうだった。伊勢に住んでいると伝えてはいたけれど、茶屋で働いているのは莉子に話していなかった。

しかし、どう説明するのが正解だろうか。

私が働いているのは神様専用の茶屋だし、神様が〝見える〟ようになったなんて信じてもらえるとも思えない。

ただ、下手な嘘をついたところで、生活圏が一緒だからいずれボロが出そうな気もする。ああ、こういうときのための返答を拓実に聞いておけばよかった。

「えーっと……」

なにかいい案はないか。

隣にいるツキヨミさんの表情をチラリと窺うものの、ツキヨミさんはツキヨミさんで口をパクパク動かし、両手をあわあわと振って百面相をしていた。

うん、まったく頼れそうもない。

「ごめんちょっと急いでて。話しだすと長くなるから、またごはんでも行こ!」

とりあえず、この場をしのぐために多忙アピールをする。一応勤務時間中だし、荷物を持つ腕も疲れてきたし、急いでいるのは嘘ではない。

「あ、そうだよね。足止めしちゃってごめん」

「ううん。声かけてくれてありがとう」

納得したように頷いて謝る莉子に、「じゃあまた」と手を振る。

「またね」

微笑みながら見送ってくれるふたりに背を向けて、私は少し急ぎ足でその場をあとにした。

「もう、ツキヨミさん。どうして私よりも戸惑ってたんですか。なにか助言くださいよ」

莉子への返答に困る私の隣にいたのになにもアドバイスをくれなかったツキヨミさんに小声で文句をぶつける。

「いや、これには込み入った事情があってだな……」

「込み入ったもなにもないでしょう。あのふたりにはツキヨミさんの姿は見えていないんだから、あーだこーだ言ってくれたらよかったのに」

今度莉子に会うときまでに、つじつまの合う嘘を考えておかないと。

そんなことを考えていたとき、ざあっと風が吹き抜けた。途端にシャラシャラガラガラピンピンリリリ、風鈴の涼しげな音が一斉に聞こえてくる。

いつの間にかおかげ横丁の入り口、赤福本店の前までたどり着いていたらしい。

「わあぁ……」

顔を上げると、通路の両脇に【風の市】と大きく書かれた看板と屋台が設けられていた。ずらりと並んだ風鈴がさまざまな音色を響かせている。風になびいて揺れる色とりどりの短冊と、一緒に並んだ風車がくるくると回る様子は、聴覚的にも視覚的にも賑やかで心が躍る。

職人さんが作ったようなうちわと、子ども向けに竹とんぼや紙風船なども置かれていて、その前で足を止める家族連れの姿が見られた。

「すごく賑やかですね」

「うむ。なかなかよい催しであるな」

ツキヨミさんは楽しそうにずんずん前へと進んでいく。

屋台には風日祈祭についての説明が書かれた貼り紙もあり、町全体でお祭りを盛り上げているのが伝わってくる。

シナのおばちゃんがあまりにも自然体で私たちに接してくれるからときどき忘れそうになるけれど、内宮にも外宮にも社があって、こんなイベントが開催されるくらいなのだから、きっとすごい神様なのだろう。

「神様だってことをもう少し意識して接客しないとダメだなあ」

「そうであるぞ。我も偉大な神であるからな」

風鈴の音でかき消されるかと思ってぼそりと呟いた私の声も、ツキヨミさんにはばっちり聞こえていたみたいだ。得意げに胸を張ったツキヨミさんに「はいはい」と適当に返事をする。

ツキヨミさんに関しては、ちょっと雑なくらいでちょうどいいかもしれない。

「そろそろ腕が限界なので、店に戻りませんか」

周りの人に聞こえないくらいの小さな声で私の状態を伝えると、ツキヨミさんは物分かりよく頷く。

「ああ、そうだな。拓実がひとりで寂しがっている頃であろう」

「確かに、それは言えますね」

当初に比べると、シナのおばちゃんの風の噂という名の口コミのおかげで、少しずつお客さんが店に来てくれるようになってきた。とはいえ、まだ一日一組来たらいいほうだ。店で留守番している拓実は、私たちがいなくなってきっと暇しているに違いない。

風鈴の音に耳を傾けながら、私はツキヨミさんと共に店を目指して歩を進める。

おはらい町通りより中に入った路地裏。特有の静けさにホッと落ち着いた気持ちになる。

「あとちょっと、あとちょっと」

ずっしりと重い荷物を抱えた私を応援するツキヨミさんの声を聞きながら、路地を曲がる。家の前のブロック塀に設置されていたあのダサい蛍光イエローの看板が消えてから、この辺りは昔ながらの情緒あふれる美しい町並みへと変わっていた。

ただ、その中でひとつ気がかりなのは、荒れた庭のことだ。これから夏に向けての新緑の季節、もっさりと生い茂った草木は日を追うごとに成長している気がする。

どうにか整備しなくてはと危機感は抱いているものの、お掃除隊であるキュキュ丸たちの守備範囲ではないようだし、お塩ちゃんは全然興味がなさそうだし。

拓実に至っては、このもっさり感をポジティブに捉えているようだ。隠れ家みたいでこの店の雰囲気に合っている、みたいなことをツキヨミさんに話していたのも覚えている。

きっと拓実は動かないだろうな、と思ったけれど、どこから手をつけたらいいのか分からない庭を私ひとりで整えるのはなかなか腰が重かった。

しかし、これからの季節は虫も増えるだろう。虫を触ることに抵抗はないけれど、得体のしれない虫が枕元にいたり、蚊に刺されたりするのはなるべく避けたい。

できれば、梅雨の前には取り組んでおくのがいいだろう。暑すぎず、寒すぎず、雨も降っていない日に。

「……もしかして、今日？」

「むむっ、どうしたのだ」

ふと気づいて呟いた私に、少し前を歩いていたツキヨミさんが振り向いた。

いや、でも今日はこれだけの買い出しをして充分働いた気分だし、また明日にでもしよう。自分の中でそう決めて、『なんでもない』とツキヨミさんに返事をしようとしたときだった。

「ん？」

ようやく近づいてきた私たちの店の前にすらりと背の高い男性が立っていた。

パーマを当てたようなくるっとした茶髪が、優しそうな雰囲気を醸し出している。

土色の作務衣の上に同じ色のはっぴを羽織り、足元には似たような土色の足袋を履いていた。首回りには白いタオルもかけていて、格好だけを見れば土木関係の人のようだ。

「近くで工事でもやるのかな」

私に気づいていなさそうな男性にぽつりと呟いてみたけれど、なにやらオーラがおかしい。

姿勢が綺麗で立ち姿だけでも絵になる。じっとうちの店を眺める横顔は美しく、睫毛がとても長い。工事だったらきっとヘルメットを被っているだろうし、なによりその周辺に誰もいないということはない気がする。

「ツキヨミさん、あそこにいるのって……」

少し前にいたはずのツキヨミさんに確認しようと声を発したものの、ツキヨミさんは電信柱の後ろに隠れている。神様見知りもいいところだ。

私の勘が当たっていれば、きっとあの方は神様だろう。でも、店を見るだけで中に入ろうとはしていない。

「……あの」

どうしたのだろう、と思いながら声をかけると、その肩がピクリと揺れた。店に向けられていた視線がそろっと私のほうを向く。

「なにかご用でしょうか？」

店の前に立っていた神様は、私の問いかけにパチパチとまばたきをした。

それもそうだ。神様たちの姿が見える人間なんて珍しいのだろう。

きょろきょろと周りを見回して、自分以外に誰もいないことを確認した神様は「僕の姿が見えているのですか」と不思議そうに尋ねてきた。

「はい」と肯定すれば、納得したように頷きが返ってくる。

「あの、その家がどうかしましたか？　私はそこの住人なんですけど……」

店の前に立っていた理由が知りたくて聞いてみると、神様は「ああ」と声を上げた。

「この家の方でしたか。いや、なかなかまずいですよ、ここ」

「え？」

まずい、とは。突然告げられた言葉に首をひねる。

その『まずい』は、味が悪いということだろうか。私が勝手に店の前に突っ立っていると勘違いしていただけで、すでにこの神様は店でお茶を飲んだ可能性があるということか。

いや、でも拓実の淹れるお茶がまずいはずはないと思う。人柄にはやや問題があるけれど、そこに関しては信頼していい。

それじゃあ、具合がよくないという意味だろうか。だとしたら、いったいどこの具合が悪いのかな。

神様は顎をさすりながら、相変わらず「まずいですね」と呟いている。その視線は店のほうに向いたままだ。

発言の真意を知りたい。どういう意味か気になる。でも、まずは両手に持ったままの買い物袋を下ろしたい。

「よければ店内でお話を聞かせていただけませんか？」

二リットルのミネラルウォーターを頼んできた拓実を恨みつつ、私は神様を店の中へと案内した。

やってきたのは、『大土乃御祖神《おおつちのみおやのかみ》』という神様だった。

「ばあちゃんは〝つっちー〟って呼んでたらしい」

「前々から思ってたけど、拓実のおばあさんって神様に向かってだいぶフランクな呼び方してるよね」

おばあさんの手帳に書いてあった情報を読み上げる拓実に、ひとまずツッコミを入れる。きっと神様たちと仲がよかったからこそ、そう呼ぶのを許されていたんだろうが。

「きぬ子に呼ばれていた頃を思い出すなあ。よかったらふたりもそう呼んでください」

カウンター席に座っている神様はにこにこと微笑みながら言うけれど、いくら本人のお願いだとしてもさすがに敬称を省略するのは気が引ける。

「それじゃあ、つっちーさんと呼ばせてください」

「さん付けしなくてもいいんだけどなあ」

私の申し出に、つっちーさんは少し残念そうにしつつも頷いた。

「つっちーさんは外宮の別宮『土宮《つちのみや》』に祀られている、この土地の守護神らしい」

拓実の説明に、つっちーさんと距離をとるように庭側の長椅子に座っているツキヨミさんがピクリと反応を示す。きっと『土地の守護神』という響きの格好よさに惹《ひ》かれたのだろう。

「拓実のおばあさんがお店をやっている頃、つっちーさんはよくいらっしゃったんですか？」

「うん。僕は土を触るのが好きでね。きぬ子も花を植えるのが好きな人だったから、この店に来たときはいつも一緒に庭をいじっていたよ」

懐かしそうに話すつっちーさんの表情は穏やかだ。拓実のおばあさんと過ごす時間は、つっちーさんにとって楽しいものだったのだろう。

「チューリップが春に咲くように秋冬の間に球根を植えたり、夏に孫が遊びに来たとき野菜を収穫できるようにキュウリやオクラやミニトマトを育てたり。金木犀《きんもくせい》が好きなきぬ子が喜ぶように旦那さんと植樹したこともあったなあ」

ふと、ガラス戸の向こうに視線を向ける。

つっちーさんの思い出が詰まった庭は、今や荒れ果てている。

「つっちーさん。まずいっておっしゃっていたのは、もしかして」

「この庭のことです」

問いかけた私に、間髪入れずつっちーさんは答えた。

隣で手帳を読み込んでいた拓実は「え、まずい？」と眉間に皺を寄せる。

「十年以上まったく手入れがされていないでしょう、ここ。雑草は生え放題、木も伸び放題。この辺り一帯で一番ひどい状態の庭だよ」

つっちーさんの言葉に、拓実は軽くショックを受けたみたいだ。空気を飲むようにパクパクと口を動かしている。

「で、でも、春にリニューアルオープンしてから特に困ったことはないし。草木に囲まれた隠れ家っぽい感じがこの店の雰囲気には――」

「この荒れ方は隠れ家どころじゃないでしょう。ジャングルだよ、ジャングル」

前に聞いたことのある言い訳を並べた拓実をつっちーさんがピシャリと払いのけた。

私も夜に庭を通るたび、野生の動物が出てくるんじゃないかと怯《おび》えていたし、ジャングルという表現はぴったりだろう。

「このまま夏になれば、虫もたくさん寄ってくるし」

それは気になっていた問題だ。つっちーさんの指摘に、やっぱりそろそろ手をつけないとダメだな、と背筋を伸ばしたときだった。

「む、虫!?」

裏返った声が店内に響く。

隣を見れば、それまでつっちーさんの話をむっすりと聞いていた拓実の顔がサッと青くなっていた。まるでなにかに怯えているかのようだ。

この反応は、もしかして。

「拓実って虫が――」

「それは困る！なんでもっと早く言ってくれなかったんだよ、さっさと草抜きに行くぞ！」

虫が嫌いなの？と質問しかけた私の声を遮って、拓実はバタバタと店の奥へと消えていく。

あまりの態度の変わりっぷりに、私はつっちーさんと顔を見合わせた。

「彼、やる気満々だね」

「……ですね」

呆然《ぼうぜん》と頷き合う私たちに、ツキヨミさんがぽつりと「拓実は昔からビビりであるからなあ」と呟いた。

あれだけ頑なに庭を整備しようとしなかったのも、虫と遭遇したくなかったからだろう。しかしこのまま放っておけば、その確率はもっと高まる。危機感を覚えた拓実から指示を受けて、私は動きやすいジャージに着替えて庭に出た。

「つっちーさん、まずはどこから手をつけたらいい？」

意欲的に質問をした拓実に、つっちーさんは「そうだなあ」と顎をさする。

庭は一面雑草が生い茂っていて、どこが通路でどこが花壇なのか、もはや区切りが分からない状態だ。

「僕は、こういうのは剪定業者に頼むのが一番だと思うけど」

「つっちーさん、残念ながら業者さんに頼めるような金銭的余裕は、うちの店にはなくてですね」

しずしずと伝えた私に「うん、そうだろうね」とつっちーさんは眉を下げる。

ちなみに、この家に草刈機という文明の利器はない。倉庫から出てきたのは、鎌と枝切りはさみ、軍手、ほうき、ちりとりという至って普通の道具だった。

ここにある雑草を手作業で全部抜こうと思ったら、きっと一日では終わらないだろう。

「なぜ、我も参加することになっているのだ……」

軍手をつけながらツキヨミさんが嘆いていたけれど、戦力は多ければ多いほうがいい。

ツキヨミさんが店内に残らずともお塩ちゃんが店番をしてくれているし、そもそもお客さんが来たらこの庭を通るだろう。

「我はただ、茶を飲みに来ただけの客であるというのに」

「ツキヨミさんは客じゃなくて、友だちだろ」

ぼやくツキヨミさんに、拓実が答える。

どう考えてもひどく都合のいい友だちだと思うけれど、その言葉でツキヨミさんは嬉しそうに納得してしまうのだから、なんとも言えない。

つっちーさんは元気に伸びている雑草の根元を掴んで、グッと引っ張っている。

「ああ、これはなかなか大変かもしれないなあ」

「え、どういうことですか？」

苦笑いを浮かべたつっちーさんに首を傾げると、「抜いてごらん」と雑草を示された。

しゃがみ込み、先ほどつっちーさんがやっていたのと同じように根元から引っ張ってみる……が、しかし。

「なにこれ、全然抜けないんですけど」

ちょっと力を入れたくらいじゃ、びくともしない。足に体重をのせて全身を使えば抜けないこともないだろうけれど、それを何十回も繰り返せるほどの体力は持ち合わせていなかった。

なるべく虫に遭遇しそうなことはしたくないであろう拓実も、隣で「嘘だろ」と想像以上の根強さにポカンと口を開けていた。

先の見えない作業に絶望しかけた私たちの肩を、ツキヨミさんがポンポンと叩く。

「まあまあ、元気を出したまえ。こんなよく晴れた空の下、爽やかな風を感じながら友と汗を流すだなんて、心躍るではないか」

「なんでそんなに能天気なんですか、ツキヨミさん……」

ひとり楽しそうなツキヨミさんは、ふんふんと鼻歌を歌っていた。

私たちのやりとりを見ていたつっちーさんは、呆れたように笑いながら「仕方ないなあ」と両手で地面を触る。

「本当は、あんまりこういう力を使わないほうがよいんだろうけど」

「え？」

ぼそりと呟いたつっちーさんは聞き返した私に答えることなく、すっと目を閉じた。

睫毛は長く、その横顔はとても綺麗だ。

「ど、どうしたんだろう」

「とりあえず黙って見てろよ」

拓実に小声で尋ねると、口を塞がれた。

なにがおこなわれているのかまったく分からないまま、つっちーさんの様子を窺う。

しゃがみ込んだつっちーさんは呪文のようなものをブツブツと唱えたあと、地面を押し込むようにグッと肘を伸ばした。次の瞬間。

ぽわっとその両手が光ったかと思えば、地面がぐにゃりと波打った。

今のはいったいなんだったのか。

なかなか見たことのない光景に首を傾げていれば、つっちーさんが「ふう」と息を吐いて立ち上がる。

「庭の土が固まっていたから、それを柔らかく耕しました。これで、だいぶ楽に雑草が抜けるんじゃないかな」

「そ、そんなことができるんですか」

さっきはなかなか抜けなかった雑草を、つっちーさんがひょいっと引っこ抜く。

まさかと思いつつ私も近くの雑草を引っ張ってみると、いとも簡単にするっと抜けた。多分、さっきの十分の一ほどの力しか使っていない。

私の隣で同じく雑草を抜いた拓実も「おお……」と感動している。

「つっちーさん、すごいですね」

「まあ、これでも神だからね」

小学生みたいな感想を伝えた私に、つっちーさんはポリポリと頬をかきながら照れくさそうに言った。

「とりあえず、抜ける分だけ草を抜きましょう。通路と花壇の境目が分かるようになったら教えてください」

「はいっ」

　つっちーさんの指示に返事をして、私はみんなに一枚ずつ大きなゴミ袋を配る。

「拓実、葉月。誰が一番多く雑草を集めることができるか、勝負しようではないか」

　わくわくした顔で提案してきたツキヨミさんに、拓実は「そんなの、こいつが負けるんじゃね」と私を指差した。

「いや、拓実のほうが不利なんじゃない？　私は虫が出てきても大丈夫だし」

「は？　余裕だし」

「ふーん。それじゃあ、負けたほうが一カ月ゴミ出し係ね」

　なぜか強がる拓実に呆れつつも、負けると思われているのは嫌でついこんな提案までしてしまう。

　キュキュ丸がいるおかげで掃除にかける労力はだいぶ少ないが、それでも自分たちでやらなければならない家事はある。

　そのうちのひとつがゴミ出しだ。店のゴミと家のゴミ、どちらも収集所に持っていかなきゃいけないし、収集時間も限られているからいつもより早く起きる必要がある。

　これがけっこう大変で、お屋敷みたいに広い家のすべての部屋を回ってゴミを回収するのを嫌がり、拓実はよく『俺は店の準備があるんだよ』と言い訳をして私に押し付けてくるのだ。

「上等だっつうの。お前が負けるに決まってんだろ」

拓実はフンと鼻を鳴らす。

「虫こわい人がなに言ってるんだか。今から出る草のゴミも負けたほうが持っていくんだからね」

「それはありがたいな。全部お前が持っていってくれんのか」

お互いに小学生みたいな挑発をして、バチバチと火花を散らす。

すっかり蚊帳の外にいるツキヨミさんが「我もいるからな」と念押しするように言ってきたけれど、神様のポテンシャルは侮れない。実質、私と拓実の一騎打ちだ。

「すごく燃えてるけど、腰を痛めないように気をつけるんだよ」

つっちーさんの心配そうな声を合図に、私たちは「よーいどん」で草抜きをはじめた。

両手に軍手をはめてしゃがみ込み、次々と雑草を抜いて土を落とし、ゴミ袋へ放り込む。するっと抜けていくのが楽しくて、最初のうちはテンポよく進んでいった。

拓実もツキヨミさんも、だいたい同じペースでゴミ袋の中に雑草がたまっていく。

提案に乗ってみたものの、この感じだとそんなに差が開きそうにもないし、勝敗を決めるのはなかなか難しいかもしれない。そう思ったときだった。

「ひっ!」

拓実の悲鳴が聞こえた。

振り向くと、顔を青くした拓実が両手を上げてフリーズしている。

「ど、どうしたのだ、拓実」

オロオロとツキヨミさんが声をかけるけれど、十中八九、虫が出たのだろう。顔色があまりにもよくないのが気になるものの、これは拓実と差をつけるチャンスだ。

さっさと雑草を引き抜く作業に戻った私の耳に「これはきっとモンシロチョウの幼虫であろう」と呑気なツキヨミさんの声が聞こえてくる。

モンシロチョウの幼虫だったら、めちゃくちゃ小さいだろうに。普段不機嫌な顔がデフォルトの拓実があれだけ怖がっているのは面白い。

「な、なに笑ってんだよ」

思わず肩が揺れてしまった私に、拓実が怪訝そうに声をかけてくる。

「なんでもないよ」と返したけれど笑い声混じりになり、拓実は余計にへそを曲げた。

「別に、怖いわけじゃねえし。お前にハンデやっただけだから」

「私なにも言ってないじゃん」

虚勢を張る拓実に手を動かしつつ返事をすると、「そう言いたそうな顔してんだよ」とさらに勢いの増した声が聞こえた。

「お互いに後ろ向いてるんだから、顔見えてないでしょ」

草を抜きながら背中越しに会話をする。

必死で強がっているのが声だけでも伝わってくるからおかしい。笑ってしまわないよう我慢しないと。

「そなたたちの会話は小気味よいな。息ぴったりではないか」

「どこがだよ」

「どこがですか」

嬉しそうに口を挟んできたツキヨミさんに反論すれば、拓実の声とかぶってしまった。「ほら」とツキヨミさんが笑う。

「マネすんなよ」

「マネしてきたのはそっちでしょ」

「はいはい、みんな手を動かして」

またレベルの低い口論をはじめそうな私たちを、つっちーさんがなだめる。

そうだ。腹が立つけれど、この勝負で勝てば一カ月は拓実がゴミ出しをしてくれるんだった。

思い出して、再び手を動かすスピードを上げた私の後ろで「チッ」と拓実の舌打ちが聞こえた。

さっきからなんなんだ、この人は。

「あのねえ、みんなで草抜きしてるときにいちいち——」

場の空気悪くしないでくれる、と言葉を続けて拓実のほうを振り向いたときだった。

毒々しい色が視界に入った。

「拓実、ちょっとストップ」

「なんだよ、さっきからうるせえな」

「いや、本当に動かないほうがいいと思う」

「あ？」

私の助言を聞き入れず、拓実はバッと立ち上がってこちらを向く。

ちょうど拓実が草抜きをしていた庭の隅。そこに立っていた木の枝からツーと降りてきていた毒々しい色の、なかなか大きなサイズの八本足。

「拓実の頭上に蜘蛛《くも》がいるんだってば……」

そう告げたときには、時すでに遅し。

ばっちり蜘蛛とご対面した拓実は、フラッと白目をむいて倒れてしまった。

「まさかそんなに虫が苦手だったとは」

なんだか悪いことをしてしまった気がする。

倒れた拓実をツキヨミさんとつっちーさんに協力してもらい、店の長椅子に寝かせた。拓実は目を閉じたまま「ううーん」と眉間に皺を寄せている。意識はあるようだけれど、もう草抜き勝負どころではないだろう。

「うじゃうじゃ……幼虫……蜘蛛……」

「拓実、気をしっかり持つのだぞ」

虫が出てくる夢でも見ているみたいだ。うなされている拓実の手を握って、ツキヨミさんは心配そうに声をかけている。

「とりあえず、彼は休んでいてもらおうか」

「それがよさそうですね。私たちだけでも草抜きに戻りましょう。ツキヨミさんは拓実に付き添ってもらえますか？」

つっちーさんの提案に頷いて、私はツキヨミさんに拓実のことをお願いする。

「うむ。我が様子を見ておこう」

快諾してくれたツキヨミさんに拓実を任せて、つっちーさんと私は再び庭へ出た。

「彼、だいぶ無理して頑張ってたんだね」

「そうみたいですね。私も知りませんでした」

耳打ちしてきたつっちーさんにコクリと頷く。

「なんだか旦那さんを見ているような気持ちになったなあ」

「旦那さんですか？」

懐かしむように目を細めたつっちーさんの視線をたどれば、庭の隅に大きな丸い形の木があった。濃い緑色の葉っぱに見覚えがある。

「金木犀、ですか」

確かめるような私の質問に、つっちーさんは「うん」と答える。

「きぬ子の旦那さん……つまり彼にとってのおじいさんにあたる人も虫が苦手でね。金木犀を植えるのだって相当勇気が要ったみたいだよ。これを植えたら虫が増えるんじゃないかって」

「そうなんですか」

植樹に勇気が要るとは初めて聞いた。よっぽど苦手だったのだろう。

拓実の虫嫌いは遺伝子レベルのものだったんだ。つっちーさんの話に相槌を打ちながら、拓実のおじいさんを想像してみる。

「この庭をいじるのはきぬ子だけだったけれど、旦那さんもきぬ子が楽しんでいるのはよく分かっていたんだろうね。ふと思い立ったみたいで、ある日突然、きぬ子に内緒で金木犀を植えたんだ」

「勇気が要ることだったのに、植えるのは突然だったんですね」

拓実のおばあさんの話はちょこちょこ耳にしたことがあるけれど、おじいさんのことは全然知らない。でも、つっちーさんの話す声はとても穏やかだから、きっと素敵な人だったんだろう。

「あとから聞いた話だと、どうやら旦那さんが金木犀を植えたのは自分に癌《がん》が見つかった日だったらしい」

「えっ」

「先は長くないと知って、きぬ子の心の拠り所を増やそうと旦那さんなりに考えた結果だったんだろうね」

あの金木犀を植えたときのおじいさんは、いったいどんな気持ちだったんだろう。

「旦那さんは僕たちのことが〝見える〟人ではなかったんだけど、きぬ子から話は聞いていたみたいでね。『きぬ子の園芸仲間のつっちー』って旦那さんにこっそり呼ばれたときはちょっと面白かったなあ」

そう言ったつっちーさんは楽しそうな笑みを浮かべて、庭を眺めていた。

「神様が〝見える〟体質だ、って拓実のおばあさんは旦那さんに打ち明けていたんですね」

すんなりと信じてもらえるような話ではないから、きっと緊張しただろうし、不安だっただろう。

朝、買い出し帰りに出会った莉子の顔を思い浮かべる。あのとき、私は咄嗟に嘘をつくことを考えた。神様が〝見える〟なんて正直に話そうとはしなかった。

「うん。それを打ち明けられる相手だったから、きぬ子は旦那さんと一緒になったんだろうね」

つっちーさんの言葉に、今度は結婚を考えていた彼の顔が頭に浮かんだ。

とても好きだった。嫌われないように頑張っていた。ずっと一緒にいたくて、努力した。だけど、私は自分の全部を見せることができていただろうか。もしまだ彼と付き合っていたとして、私は神様が〝見える〟という話を彼に打ち明けていただろうか。

「……なんだか、難しいことを考えているね」

「そうですね。今さらどうにもならないことですけど」

私の頭の中を読んだかのような発言をするつっちーさんに、私は苦笑いを返してしゃがみ込む。

軍手をはめ直した私を見て、つっちーさんはそれ以上深く聞いてくることはなく

「あのふたりは、素敵な夫婦だったよ」と優しく呟いた。

ここは、拓実のおばあさんとおじいさん、それからつっちーさんの思い出が詰まった場所。誰かの大切な場所だったことを知ると、そこが特別なものに見える。

さっきまでとはまた違う気持ちで、私は草抜きを再開した。

「あー、腰が痛い」

立ち上がってグッと伸びをすると、ボキボキッとどこかの骨が鳴る。

つっちーさんと草抜きをしてかれこれ一時間。途中でツキヨミさんも戻ってきてくれて、ようやく花壇と通路が見えるようになった。

私とツキヨミさんはお互いに草ばかり入ったゴミ袋が三袋完成したところだった。

「だいぶ綺麗になりましたね」

「うん。昔の状態に少し近づいてきた感じがする」

つっちーさんは四袋。手際よく雑草を詰め込んで、きゅっと袋の口を縛っていた。

そよそよと風が吹く。なかなかいい汗をかいた気分だった。

「まだ草抜きしたいところだけれど、一回休憩でも挟もうか」

「それがよい。そろそろ拓実も元気が戻った頃であろう。声をかけてくる」

つっちーさんの提案に賛成して、ツキヨミさんは先に店の中へと戻っていく。

「一服したら、もうひと頑張りしましょうね」

「うん、そうだね」

まだ少し雑草は残っていたけれど、作業が終わる見通しをもてそうだ。爽やかな笑顔を浮かべるつっちーさんと共に達成感を味わってから、私はカララと引き戸を開けた。

「お前さ、お茶請け買いに行く元気ある？」

戻ってきて早々に拓実の口から発せられたのは、そんな問いかけだった。

拓実の顔色はだいぶよくなったようだけれど、いつもほどの気力はなさそうだ。

それは分かる。気を失った相手を気遣うくらいの優しさは持ち合わせている。しかし、朝から買い出しに行かされ、二リットルのミネラルウォーターを含む買い物袋を持って帰ってきて、拓実より多くの草を抜いた私に、まだ働けと言うのか。

「あー……、だよな。やっぱいいわ」

なにも言葉にしなかったけれど、私の表情からだいたいの察しがついたらしい。

拓実はふいっと視線を逸らして、つっちーさんとツキヨミさんに声をかけた。

「うち、最近おつかい茶屋っていうシステムはじめたんだけどさ。今はちょっと俺もこいつも買いに行くような体力が余ってねえから、店にあるお菓子でいい？」

「問題はないが、甘いものよりしょっぱいものが食べたいところだな」

ツキヨミさんの言葉に、つっちーさんも「確かに、汗かいたもんなあ」と頷く。

それを聞いて、拓実は戸棚のお菓子ストックをごそごそと漁る。それを横目に、私はパパッと手を洗った。

「あ、これにするか」

呟きながら拓実が取り出したのは、オレンジと緑の縦縞《たてじま》模様のパッケージだった。

つるっとした袋を見るに、普通にスーパーやコンビニで売ってそうなお菓子だ。

太字で【おにぎりせんべい】と書かれている。その言葉通り、丸みを帯びた三角形の煎餅の写真がパッケージに載っていた。煎餅をモチーフにした可愛いキャラクターも描かれている。

「へえ、おにぎりみたいな形のお煎餅なんだ」

面白い形だなあと思って呟けば、拓実の動きがぴたりと止まった。

「……は？」

「え？」

「いや、なに初めて見たみたいなこと言ってんだよ」

奇妙なものに出会ったみたいな目で拓実が私を見てくる。今度は私が「は？」と言う番だった。

「いやいや、初めて見たんだけど……？」

ふたり揃って首を傾げる羽目になった。

「嘘だろ。おにぎりせんべい知らない人間とか日本に存在するのかよ。遠足のおやつでグミとかチョコばっかりになるから、ひとつはしょっぱい系入れておこうと思って普通に選ぶだろ、おにぎりせんべい」

「知らないよ、そんなの。その偏見はいったいなんなの」

遠足のおやつで味の偏りがないように、甘い系もしょっぱい系も選ぶっていうのは分かるけど。おにぎりせんべいってそんなにメジャーなお菓子なのだろうか。いや、違うだろうな。

「ちょっと、よく見せて」

拓実からパッケージを受け取り、裏面を見る。製造者の欄には、伊勢の会社が書かれていた。

「ほら、伊勢の会社だよ。有名なのはこの辺だけじゃないの？」

「そんなわけねえだろ。俺、滋賀《しが》出身だけど知ってるし」

「え、拓実って滋賀だったんだ」

てっきりこの辺りの出身なのかと思っていたら、県外だった。驚く私に「いや、驚くところはそこじゃねえだろ」と冷静なツッコミが返ってくる。

「つうか、伊勢の会社が作ってたんだな。俺はそっちにびっくりしてる」

そう言って拓実は私の手からパッケージを奪い取り、まじまじと見はじめる。

なんだか納得のいかない私はスマホを取り出して、おにぎりせんべいを検索した。

画面にずらりと並ぶ煎餅の情報を追っていると、気になる文章が目に入った。

「……販売先は西日本が中心、だって」

下のほうにスクロールすると、関連キーワードには【全国区じゃない】という言葉があった。

関西の人にとってはかなり馴染みのあるお菓子なのだろう。拓実は私がおにぎりせんべいを知らないだなんて信じられなかったに違いない。

「まじか、あり得ねえ」

「これがカルチャーショックってやつだね」

私よりも拓実のほうがダメージを受けているようだ。二十五年間の常識が覆された瞬間だろう。

「とりあえず、茶淹れる」

「あ、うん」

草抜きでも大騒ぎして疲れ、カルチャーショックを受けて精神的にも疲れ。それでも茶器を扱う手元は丁寧で美しい。急須と湯呑みを四つ選んだ拓実は、釜のお湯をそれらに注ぎ、温めていく。

「おいしそうなお茶だね」

つっちーさんが感心したように呟いた。拓実はまんざらでもなさそうにフンと鼻を鳴らす。

「一服だから、そこまでちゃんと淹れねえけど」

一人前を提供するときよりも多めの茶葉を急須に入れて、七十度に冷ましたお湯を注ぐ。ちゃんと淹れないとか言いつつ、温度や時間はしっかり計るらしい。砂時計をひっくり返し、すべての砂が落ち切ったところで、温めておいた四つの湯呑みに数回に分けて順番にお茶を注いでいく。どうやら煎茶のようだ。

「はい、お待たせ」

カウンター席に座る二柱《ふたはしら》の前に、拓実は湯呑みとおにぎりせんべいを置く。私は自分たちが座る用の折りたたみの椅子をふたつ出して、拓実が座るのと同じタイミングで腰かけた。

「ああ、いい香りだ。いただきます」

つっちーさんがそう呟いて、湯呑みに息を吹きかけてから口をつける。ごくりと喉を鳴らし、顔を上げた。

「うん。疲れた体にしみるよ」

つっちーさんの感想を聞いて、拓実は小さく頭を下げた。

どうも、ということだろうか。照れくさいのは分かるけれど、もう少し素直に言葉を受け取ればいいのに。

「……なんだよ」

「なんでもないよ」

なにか言いたげな顔をしていたのだろう。私を見て拓実は眉を寄せる。

余計な言葉をかけると拗ねてしまうのは分かっているため、私は知らないふりをして湯呑みを手にとった。

両手で包み込むと、じんわりと温かい。爽やかな煎茶の香りが鼻腔をくすぐる。ゆっくり息を吹きかけてからそっと口をつければ、ほどよい苦味が広がる。ごくりと飲み込んだ後味はすっきりとしていた。

五月といえど、まだ暑すぎる時季ではない。疲れた身体にちょうどいい温度のお茶にほっこりした。

「うむ。美味であるなあ」

ツキヨミさんも満足げにお茶をすすっている。

「ひと仕事終えたあとのお茶って、なんだかいいですね」

「まあ、まだやらなきゃいけない箇所は残ってるんだけどね」

私の言葉に、つっちーさんは苦笑いを浮かべながら現実を教えてくれた。とはいえ、ガラス戸から見える庭の景色は、つい数時間前とはまったく別のものになっている。

庭を綺麗にしたら、あの長椅子の席が取り合いになりそうだな。せっかくなら、あのガラス戸も毎日磨こう。

よし、と心に決めて、私はオレンジと緑のパッケージを手にとった。

「このあと頑張るために、これ食べましょう」

「そうだね」

つっちーさんがそう言って袋を開けたのを見てから、私もピリッとパッケージを破る。

袋を開けた瞬間、ふわんと香ばしい醤油《しょうゆ》の匂いが漂った。この匂いだけで唾液が出てくる。ひと口サイズの煎餅は角の丸い三角形をしていて、茶色くテカテカとツヤがある。短い刻み海苔《のり》が不揃いにパラパラと引っ付いていた。

ぱくりと口に入れてみると、甘辛い砂糖醤油の味わいが広がる。噛めば、バリボリと音がした。硬すぎることはなく軽い歯ごたえだ。何度か咀嚼《そしゃく》したのちに飲み込むと、口の中にはじんわりと醤油の味が残っていた。

「これ、後引くおいしさですね」

「汗かいたから、余計においしいのかもね」

私の呟きに、つっちーさんが言葉を返してくれた。

袋の中には、まだたくさん入っている。二個目、三個目と手を伸ばす私を見て、拓実はなぜか勝ち誇ったような顔をしていた。

「……なに？」

どうして拓実がそんな表情をしているのか、意味が分からなくて首を傾げる。すると拓実は、得意げにこう言った。

「おにぎりせんべいのうまさが分かっただろ」

なるほど、そういうことか。

私が知らなかったのがよっぽど悔しかったんだな。子どもっぽいというか、負けず嫌いというか。変なところで張り合ってくる拓実がちょっと面白くて可愛く思えてくるのはなぜだろう。

「うん、おいしかった」

素直に頷けば、拓実は一瞬面食らったように目を見開いて、それから「そうだろ」と胸を張った。

ガラス戸の向こう、広くなった庭をさっそくお塩ちゃんが走り抜けていく。

春にチューリップが咲くように球根を埋めよう。夏には野菜を収穫できるように育てよう。そして秋には、みんなの思い出が詰まった金木犀がきっと素敵な香りを届けてくれるだろう。冬にはどんな楽しみを植えようか。

これから四季折々の姿を見せていくであろう庭に胸を膨らませながら、私たちは束の間の休憩をとるのだった。

四煎目　ばあちゃんのあんみつ

五月下旬。

春から夏へ変わる風が吹く中、ツツジの咲く路地を走る。閑静な住宅街の中、ひときわ大きなお屋敷の門をくぐれば、のびのびと育つ草木の緑が目に入った。

雑草はほぼなくなった代わりに、花壇の一角には家庭菜園コーナーができあがっている。つっちーさんから苗を分けてもらい、キュウリとオクラとミニトマトを植えた。

まだ収穫には少し早そうな橙色《だいだいいろ》のミニトマトを見つけて、口元を緩める。あと二日もしたら赤くなるだろう。

みんなで味わうのを楽しみに思いながら、私はカラと引き戸を開けた。

「お待たせしました」

声をかけると、カウンター席に座っていた白いキツネが二匹、ぴょこっと耳を立てて振り向く。

「わあ、やったあ」

私が持っていたみたらし団子を見て嬉しそうに手を叩いた二匹は、お稲荷《いなり》さんのところのお使いキツネだという。

これまでの常識など当てにならない出来事に遭遇しすぎていて、しゃべるキツネくらいじゃ動揺しなくなったのも成長の証だろう。

「はい、お茶もお待たせ」

タイミングよく、拓実がカウンターにお盆を置いた。湯呑みがふたつ。中身はどうやら煎茶のようだ。

「いただきまあす」

二匹が揃って手を合わせたのを見て、さらにその隣、当たり前のように居座っているツキヨミさんもみたらし団子に口をつけた。

四月に思いつきではじめた〝おつかい茶屋〟のシステムは、お客さんたちになかなか好評だった。私たちが食べているお菓子には神様たちも興味があるけれど、これまで食べる機会が少なかったそうだ。

しかし、頼んでくれたお客さんたちは総じて満足げに帰っていくものの、店の経営は順調とは言いがたかった。

一回のおつかいにつき、手数料千円。なかなかぼったくりな料金設定をしていると思うけれど、このくらいもらわないと成り立たない。理由は簡単。お客さんの来店がそこまで増えていないのだ。

いくらおつかいが好評だからといって、注文の母数が少なければ意味がない。どうにかこうにかお客さんの数を増やしたいけれど、シナのおばちゃんの口コミだけでは厳しいものがあった。

「んん、おいしいねえ」

お使いキツネたちは互いに顔を見合わせて、微笑んでいる。

お客さんたちの幸せそうな表情を見るのは好きだけれど、やりがいだけで食べていけるような優しい世の中ではない。ツキヨミさん以外のお客さんが一日一組来たらいいほう。そんな日常をなんとかしなければと、私はひとり頭を悩ませていた。

時刻はもう夕方だ。今日はこれで最後のお客さんたちだろう。

「ごちそうさまぁ」

揃った声が聞こえた。お茶もみたらし団子も食べてお腹がいっぱいになった二匹は、がま口財布からそれぞれお金を払ってくれる。

みたらし団子の代金と、おつかい手数料の千円、そしてお茶代。二匹合わせて三千円もいかない金額が今日の売り上げだ。

「ありがとうございました」と二匹を見送ってから、私はグッと両腕を伸ばした。

「ううーん、今日もこれだけかぁ」

「これだけってなんだよ。売り上げがあってよかったじゃねえか」

そう言ってカウンターに置かれたままだったお盆を下げる拓実は、お客さんたちの『おいしい』という言葉が嬉しかったのだろう。口元が緩んでいる。

よくも悪くも適当な拓実は、店主でありながらも経営に関しては今ひとつのままだ。商売っ気がないというか、なんというか。その感じが神様たちにとっては心地いいのかもしれないけれど、従業員としては心配になるばかりだった。

「お店をやってるんだから、売り上げはあって当たり前でしょ」

「そういうもんか？」

「……ダメだ、こりゃ」

目標が低すぎるというか、これじゃあなんのためにお店をしているのか分からない。

ちなみに、私のひと月の手取りは十七万円だ。四月なんてお客さんがほぼゼロだったのに、どこから給料が捻出されていたのだろう。今ひとつ謎である。

四月分、五月分の給料はすでにもらっているものの、このままでは六月分をちゃんともらえる気がしない。

「お茶請けを私たちが作ったら、きっともう少し利益が生まれるんだろうけどなあ」

ブツブツと呟きながら、今日の売り上げを数えてノートに書き込む。

これもエクセルを使ったほうが便利だろう。しかし、エクセルを使うほどの金額が稼げているわけでもなかった。

お客さんを増やすか、新規事業をはじめるか。キュキュ丸たちが調理台の上を転がっていくのを眺めながら、少し考えてみる。

そもそも、お客さんを増やすといったって、神様たちがそんなにたくさん存在しているとは思えない。口コミで呼んでもらうにしても絶対数が少ない気がする。

つまり、リピーターや常連さんを増やす必要があるということか。この店にいて居心地がいいと感じてもらうのが重要だ。

「居心地、ねえ」

売り上げノートの余白に、小さくメモをした。

これは今後の課題として検討しよう。

拓実が店をはじめてからまだ二カ月。おつかい茶屋が少しずつ軌道に乗ってきたところだから、新規事業に手を出すのはまだ早いかもしれない。

ただ、悠長なことを言っていたら食いはぐれるのも時間の問題だ。なにかしら手を打っておこう。

「葉月はまたいろいろと考えておるのだなあ」

ふと、頭上から声がかかった。

視線を向けると、ツキヨミさんがカウンターの向こうで緩やかな笑みを浮かべている。

「私が考えなかったら、この店すぐに潰れると思うので」

「あ？　なんでだよ」

ツキヨミさんに答えたつもりが、拓実が不機嫌そうに口を挟んだ。

「いや、普通にやばいでしょ。私に払う給料なくなるんじゃない？」

いく。
私の質問が核心をついていたのか、ふいっと目を逸らして拓実は店の裏へと消えて
「……ゴミ捨ててくる」

「まあ、葉月を雇っていなかったらとっくに潰れていたであろう」

ツキヨミさんは「予想していたよりももっているほうであると思うぞ」と付け足してフォローを入れてくれたけれど、余計に不安をあおられただけだった。

いきなり大がかりな新規事業は難しいだろう。お小遣い稼ぎ程度でもいいから、少しでも収入が見込めるようなことはないかな。

「インスタではよくPR記事で稼ぐ人を見かけるけど……」

一定数のフォロワーを持っている人気のアカウントは、企業から宣伝を頼まれることがあるのだという。その仕組みをこの店にも取り入れられないか、と考えてみるけれど、お客さんが少ない時点で宣伝効果がない。

「あとは、〝ポイ活〟とか……」

「ぽいかつというのは、いったい？」

独り言のつもりで呟いていたのが耳に入ったのだろう。ツキヨミさんが不思議そうに首を傾げる。

「最近、キャッシュレス化が進んでいるんですけど。その関係で、いろんな企業がポ

イントを用意してくれているんです。ポイントをうまく貯めたり使ったりして、ちょっとお得に生活することをポイ活って呼んでます」

「ふむ」

普段何気なく使っている言葉を改めて説明するのはなかなか難しいけれど、だいたいのニュアンスは伝わったらしい。ツキヨミさんは納得したように頷いた。

ポイント制度は、リピーターを増やすのに使えるかもしれない。簡単なスタンプカードでも作ってみるのもアリだな。

売り上げノートの余白に【スタンプカード】とメモをした。

「ただ、これをやる価値はあるだろうけれど、成果が出るのはもっと先になりそうだなあ」

首をひねりながら、SNSの検索画面に【#お小遣い稼ぎ】と入力する。

ずらりと並んだ画像を見るものの、本当にそんなうまい話があるのかと疑ってしまうような副業関係の投稿が多かった。

「ううーん……ん?」

やっぱりお金を稼ぐのに近道はないのだろうな、と諦めかけていたときだった。

ふと、見覚えのあるアイコンが目に入る。

「フリマアプリ、かあ」

それはつい二カ月ほど前、彼と別れたときに活用したアプリだった。

「ふ、ふりま？」

ツキヨミさんが、またも不思議そうに聞き返してくる。

「要らなくなった物を簡単に売買できるアプリのことです。自分で値段を設定して出品するんですけど、写真を撮ってアップするだけだしけっこう便利なんですよ」

「へえ、今は本当に便利な時代なのだな」

アプリを開いて見せると、ツキヨミさんは感心したように顎をさすっていた。

「葉月はこれを利用したことがあるのか？」

「はい。服とか本とかわりといい状態で出品されているので買ったこともあるし、使わなくなった家具とか――」

売ったこともあるし、と言いかけて口を閉じた。

彼とふたりで相談して買った食器棚、テレビ台、カーテン。店に何度も足を運んで、ふたりで選んだ思い出の家具。

半年しか使わなかったから、状態は比較的よかったと思う。手元に置いておきたくなかったから相場よりもだいぶ安い値段をつけたら、すぐに売れていった。

苦い記憶を振り払うように首を振った。

伊勢にやってきたときに比べてだいぶ傷は浅くなったけれど、こうしてふとした瞬間に彼が現れる。六年八カ月も一緒にいると、存在が濃くなりすぎていた。

「と、とにかく、このアプリを活用することで増収が見込めるかもしれません」

「ふむ。なるほどなあ」

この家は広い。そして、古くからある。今は使わなくなった不要品をマニアの人に買ってもらえるかもしれない。探せばお宝になるものが出てくるのでは。

「あ、そういえば……」

ふと思い出して、普段はほとんど開けることのない戸棚に手をかけた。

ここに入っているのは、この二カ月で一度も使ったことがない調理器具だ。竹製のざる、ステンレス製のざる、籐《とう》製の漉《こ》し器。なにに使うのってくらい大きな竹製のへら、さまざまな種類の抜き型。きっと和菓子を作るときに使うものだろう。

私たちにこれらを使う技術はない。ただ年季が入っているとはいえ、どの器具も丁寧に扱われていた感じがする。まだ使えそうだし、需要はありそうだ。

「……なにしてんだ?」

頭の中でそろばんをはじいていると、ゴミ捨てに行っていた拓実が戻ってきた。普段、戸棚から出すことのない調理器具が並んでいるのを見て、怪訝そうに首を傾げる。

「あ、拓実。ちょうどいいところに」

手招きをすれば、手を洗った拓実が隣に立つ。

「もう少し収入があったほうがいいかなと思って、いろいろと考えていたんだけど。やっぱりお客さんを増やすのと、リピーターを作るのが大事かなって。それで、スタンプカードを作るっていうのも思いついたんだけど、それだと成果が分かるのに時間がかかるよね」

「まあ、そうかもしれねえけど……これは？」

私の中で描いている今後のビジョンを説明すると、拓実は頷きつつも調理器具を指差した。

「ちょっとでも収入が増えるといいかと思って。とりあえず、フリマアプリで売ってみるのはどうかなと」

「……は？」

アプリを開いた画面を見せながら伝えれば、拓実の声は一気に低くなった。眉間にグッと皺が寄っている。表情だけを見るといつもの不機嫌な顔のように思えるけれど、私を見る目はとても冷ややかだった。

初めての反応に、ドキリと心臓が嫌な音を立てる。

これは、もしかしなくても……怒っている。

「ふざけんな」

瞬時に察して口を閉じた私に、拓実はそれだけ言い残して店の奥へと去っていく。

「あんなに怒った拓実は久しぶりに見たなあ」
気まずい空気をどうにかしようと思ったのだろう。ツキヨミさんがぽつりと呟いた
けれど、それはやっぱりフォローにはならず、私の不安を増長させるだけだった。
「へえ、拓実が？」
翌日。自分から話しかけに行くほど能天気ではない私は、いまだに拓実に無視され
たまま。よっぽど私が居心地悪そうな顔をしていたのだろう。昼過ぎにやってきたシ
ナのおばちゃんが見かねて声をかけてきた。
いつもは私がおつかいに行くけれど、シナのおばちゃんはわざと拓実に頼んで、話
しやすい空間を作ってくれたみたいだ。
事の顛末《てんまつ》を説明すると、おばちゃんは意外そうに目を丸くした。
「私が拓実に聞かずにひとりで勝手に経営について考えてしまったのが悪いんですけ
ど……」
昨夜も布団の中でずっと反省していた。はあ、とため息をつけば「まあまあ」と声
がかかる。
「それはこれから気をつけていけばいいわよ」
「そ、そうであるぞ」

シナのおばちゃんに便乗するように、ツキヨミさんも頷く。

「拓実が経営についてあまり考えていないのは事実だからね。葉月がそうやって積極的に考えるのは悪くないんじゃない？」

「それならいいんですけど」

もやもやしながら頭を抱えた私に、ツキヨミさんがこう言った。

「うむ。そのために葉月はここで働いているようなものだからな」

その言葉に、二カ月前の占いを思い出す。

拓実の淹れるお茶はおいしいけれど、それを魅力的に見せるセンスや企画力がない。

確か、ツキヨミさんはこんな指摘をしていた。

『この者を雇えば、この店に新しい風が吹くであろう』

拓実に足りていない部分を私が補う。きっとそんな意味が込められていたのだろう。

「葉月が来て、変わった部分がたくさんあろう。店の見た目も、メニューも、制服も」

ツキヨミさんはお茶をする。

「庭も綺麗になったしね。いい影響を与えているんじゃないかしら」

にこりと笑って、シナのおばちゃんは同意した。

お客さんたちにそう言ってもらえたことにホッとして、なんだか泣きそうになる。

「ありがとうございます」と小さく頭を下げて、鼻水をかんだ。拓実を怒らせてしまったのが、けっこうこたえていたみたいだ。

思い返せば、拓実と喧嘩《けんか》や言い争いをすることはたくさんあったけれど、あんなに本気で怒らせたことはなかった。そして昨日の一件は、怒ったというよりは傷つけたという言葉のほうがしっくり来る気がする。

「……拓実にとって、大切なものだったんだろうな」

ぽつりと呟いた私に、シナのおばちゃんとツキヨミさんは頷く。

私が売ろうとしていたのは、ただの調理器具ではなく思い出だったのだろう。拓実の気持ちも考えずに目先の利益に走ってしまったのは、本当によくなかった。

そういえば私は、拓実のことをよく知らない。店をやろうと決めた理由はなんだったのか、この店ができた経緯も知らない。拓実はどんな気持ちで、毎日お茶を淹れているのだろう。

この店で働いて二カ月、初めて拓実を理解したいと思った。

「あの、シナのおばちゃんは昔からこの店のことを知っているんですよね」

尋ねた私に、シナのおばちゃんはコクリと首を縦に振る。

「ええ。もともとはきぬちゃんと秀夫《ひでお》さんがやっていたお店なの。あ、秀夫さんっていうのはきぬちゃんの旦那さんで、拓実にとってはおじいさんにあたる人ね」

つっちーさんが一緒に金木犀を植えたという、虫嫌いなおじいさんのことだろう。

今までお客さんたちから聞いた話を頭の中でつなげる。

「秀夫さんが和菓子職人でね、近所でも評判の甘味処だったっていうのは前にも話したかしら」

「はい」

「そのときは人間相手に商売をしている普通のお店だったんだけど、きぬちゃんは私たちのことが〝見える〟体質でね。私たちも客として迎えてくれていたのよ」

シナのおばちゃんはそう言って、懐かしそうに目を細める。

「秀夫さんに先立たれたあと、和菓子を作る人がいなくなっちゃって、人間相手の商売はやらなくなったの。きぬちゃん自身は料理が特別に上手だっていうわけでもなかったからねえ」

そのとき、カラララと引き戸が開いた。

拓実が戻ってきたのかと思って顔を上げると、そこにいたのはつっちーさんだった。

「あれ、今日は繁盛しているんだね」

シナのおばちゃんとツキヨミさんの姿を見て、つっちーさんは呟く。

「いらっしゃいませ。すみません、今ちょっと拓実が外に出ててお茶が出せないんですけど」

「久しぶりね、つっちー。ちょうどいいところに来たわ」

しずしずと謝る私をよそに、シナのおばちゃんは手招きをした。自分の隣に座るよう椅子をポンポンと叩く。

「葉月と拓実が喧嘩中でね。今、ちょっと昔話をしていたのよ」

「そうだったんですか」

なんと飲み込みの早いことか。シナのおばちゃんの隣に座ったつっちーさんは、私の顔を見て「元気出して」と励ましてくれた。

「きぬちゃんひとりになってから、この店は神々の集まる場所になったのよね」

「そうですね。旦那さんがご存命のときにも僕らは来ていたけれど人気店だったし、ゆっくり居座るようになったのはそのあとだったかもしれないですね」

昔の常連さんであるシナのおばちゃんとつっちーさんは、思い出話に花を咲かせる。

「旦那さんのように絶品和菓子を作れるわけじゃなかったけれど、きぬ子が一生懸命もてなしてくれたのが僕は嬉しかったなあ」

拓実のおばあさんは、神様たちにとても愛されていたのだろう。つっちーさんの言葉の節々からそれを感じ取れる。

「拓実は、この店を守りたかったのだろうな」

それまであまりしゃべらなかったツキヨミさんが口を開いた。

シナのおばちゃんは「そうねえ」と目を伏せる。

「お正月やお盆にここへ来るたび、拓実はきぬちゃんに引っ付いていたものね」

「ああ、そういえばビクビクしながら僕らを見ている子がいましたね」

つっちーさんも幼い頃の拓実を思い出したのか、くすっと笑った。

「拓実は、生まれたときから神様たちのことが〝見える〟体質だったんですか？」

私の質問にツキヨミさんが頷く。

「ビビりであるからな。最初は我の姿を見るたびに泣きべそをかいていたぞ」

「えっ」

今の関係性からはとても想像できない。

驚いて声を上げたものの、虫にあれだけ大騒ぎしていた拓実ならあり得るかも、となんだか納得できる話でもあった。

「拓実の両親には私たちのことは見えていなかったから、余計にきぬちゃんに懐いたんでしょうね」

シナのおばちゃんの言葉に「へえ」と相槌を打つ。

てっきり拓実の〝見える〟体質は遺伝なのかと思っていたから意外だった。そういう家庭環境だったなら、ビビりな拓実にとっておばあさんはよき理解者だったのだろう。

「和菓子の調理器具は、秀夫さんが亡くなったあと、ときどききぬちゃんが使っていたのよ。すごく大事に扱っていたのを拓実もよく見ていたんだと思うわ」

眉を下げたシナのおばちゃん。

拓実があれだけ怒った理由が、すごくよく分かった。大切な人の大切なものを勝手に売られようとしていたのだ。怒って当然だろう。

今まで拓実について知ろうともしなかった自分を反省する。ちゃんと謝らなきゃ。意地を張らずに拓実と話がしたい。

「……あの、シナのおばちゃん、つっちーさん」

名前を呼ぶと、昔からの常連である二柱は「ん？」と揃って首を傾げた。

「拓実のおばあさんがよく作っていたものってありますか？」

拓実と話すきっかけになればいい。そう思って尋ねた私に、シナのおばちゃんとつっちーさんは同じものを答えた。


――ことこと、ことこと。

火にかけた鍋を眺める。

開店前にできあがるように朝六時から作業を開始したものの、理想の状態にはまだなっていない。そうこうしているうちに拓実が起きてきて、準備をはじめてしまうだろう。

「やっぱり慣れないことしないで、市販の餡子を買ってきたらよかった……」

ぼそりと呟いて時計を見る。

もう八時半だ。店を開けられるように、ここを片付けなきゃ。

「……なに作ってんの」

「うわっ」

突然後ろから聞こえた声に、びっくりして身体が跳ねる。

慌てて振り向けば、作務衣姿の拓実がいた。昨日はまるっと一日話していなかったから、久しぶりに声を聞いたような感覚になる。

「おはよう。えーっと、餡子を」

作っているところを見つかるとは予想外だった。しどろもどろになりながら答えた私に、拓実はフンと鼻を鳴らす。

「お前、和菓子作れんの？」

「そういうわけじゃないけど……」

まずは謝ろうと思っていたのに、拓実のほうから声をかけてくるなんて。

向こうから質問されることは想定していなかったから、どう説明したらいいのか分からない。

とりあえず火を消したほうがいいだろうか、とあたふたしている私をよそに、拓実は冷蔵庫を開く。

「寒天と……ゼリー？」

「え？　あっ、ちょっと待って、それまだ見ないで」

冷やしていたのを忘れていた。ネタバレもいいところだ。

「あんみつ作ってんの？」

すごく冷静に問いかけてきた拓実に、もうこれ以上隠すのも難しい。

こそこそ作る必要は別になかったのだけれど、自分のイメージしていた展開と違ってなんだか拍子抜けしつつも私は頷いた。

「……拓実のおばあさんがよく作ってたって聞いたから」

シナのおばちゃんとつっちーさんが教えてくれたのは、あんみつだった。それも、お茶を使った。

餡子と白玉、フルーツ、寒天、それから煎茶とほうじ茶のゼリー。そしてかぶせ茶を使って作った茶蜜を最後にかけるのだという。

もちもちの白玉になるよう、白玉粉には豆腐を混ぜた。いろんな種類のフルーツが入った缶詰も用意した。寒天は粉寒天をお湯で溶かし、二種類のゼリーもお茶に砂糖とゼラチンを加えて冷やしてある。

二柱から聞いた話とインターネットのレシピをもとに作っていたけれど、餡子に時間がかかりすぎて、完成はまだ先になりそうだ。

「ばあちゃんは買ってきた餡子使ってたけど」

「えっ、そうなの？」

拓実からの意外な言葉に、私は目を瞬かせる。

「だって、手作りしたらすごい時間かかるだろ」

「いや、それはそうだけど。神様たちが、『他のところで食べるより餡子がこっくりしてておいしい』って絶賛してたから、てっきり秘伝の手作り餡みたいな感じなのかと……」

こんな調子じゃ、その味に近づけるのはなかなか難しそうだけれど。

鍋に視線を落としてため息をつけば「あー」と拓実が思案するような声を出した。

「じいちゃんは職人だったらしいけど、ばあちゃんはわりとズボラだったからな。でも、こっくりしてたっていうのは多分あれだな」

「あれって？」

「ちょっとそこどいて」

言われた通り一歩右に移動すると、拓実はガス台の下の収納を開ける。サラダ油や料理酒、みりんなどの調味料をしまっている場所だ。

「え、醤油？」

そこから拓実が取り出したのは、醤油だった。

「うん。たまり醤油っていうコクのある伝統的な醤油で、伊勢うどんとかにも使われてるらしい」

「へえ……それを入れるの？　餡子に？」

餡子と醤油の組み合わせがあまりピンとこなくて戸惑う私に、拓実は頷く。

「隠し味にじいちゃんが使ってたのをマネして市販の餡子に混ぜてみたらおいしかったって、ばあちゃんが言ってた」

「そっか。じゃあ最後にちょっと混ぜてみようかな」

まさかの醤油に感心していると、拓実はふいっと離れていった。

もう興味がなくなったのかな、と思いながら鍋の様子を見ていれば、後ろからすっと手が伸びてくる。

「ん」

「え？」

視線を向けると、それは木べらだった。一昨日の夕方、私が売ろうと並べていた調理器具のひとつだ。

「え、これ……」

「今から練るんだろ」

戸惑う私に「使え」と拓実は差し出してくる。

「あ、ありがとう」

お礼を言って受け取れば、満足そうに腕組みをした。

いったい、どういう風の吹き回しなのか。いつもと態度の違う拓実に落ち着かないけれど、まずは私も謝らなければいけない。ちゃんと目を見て謝ろう。

そう決意して顔を上げ、隣に立つ拓実を見る。

「あの、拓実」

「あ？　ちゃんと鍋見ろよ」

「この前はごめん」

目を見てしっかり口にしたあと、指摘された通りすぐに鍋へと視線を戻す。

私が謝ったことに驚いたのか、拓実は一瞬ぴたりと動きを止めたあと「別に」と小さな声で呟いた。

「利益しか考えてなくてごめん。拓実がどんな気持ちでこの店を経営してるのか、知ろうともしなかった」

「それは、俺が話さなかったからだろ」

――ことこと、ことこと。

餡子を煮る鍋の音が控えめに響く。小豆の柔らかい香りが広がっている。

目線を合わさず話をしているからか、いつもより素直に話ができる気がした。

「……ばあちゃんが死んでから五年が経ったんだ」

どれだけ煮えたか確認するべく、木べらでひと粒潰してみる。芯まで柔らかく煮上がったのを一緒に見ていた拓実は、話しながらざるを用意してくれた。

「この家を取り壊そうって親が話してるのを聞いて、店がなくなるのはダメだと思った。ばあちゃんと神様たちとの思い出が全部、消えるんじゃないかって」

鍋の中の小豆とお湯をざあっとざるに移す。

拓実の声はとても穏やかだった。

「拓実はこの店が好きだったんだね」

お客さんたちから聞いた話と今の拓実の声色を総合してそう言えば、「あー」と歯切れの悪い返事があった。

「好きだったんだろうな。ばあちゃんが楽しそうで、神様たちも自由で、店の中はずっとこたつの中みたいに暖かかった」

チラリと拓実の表情を盗み見る。昔の店内を思い出しているのか、口角がきゅっと上がっていた。

拓実が笑うなんて、すごく珍しい。

こうやってちゃんと話をしたのは初めてだから無理もないけれど、真面目に自分のことを語る拓実は新鮮だった。

「だからもう一度、ここを神様たちがくつろげる場所にしたいと思った」

「くつろげる場所かあ」

拓実の言葉を繰り返す。

「うん。ちょっと一服って感じでふらっと来られる、休憩所みたいな店にしたい」

聞いている私が恥ずかしくなるような、柔らかな口調だった。

拓実がキラキラと輝いた気がして、心臓がぶわっと踊る。突然の心の変化に驚き、慌てて私は手元に視線を向けた。

お湯を捨てて、小豆を鍋に戻す。砂糖を加えて、再び火にかける。手間のかかる作業だけれど丁寧に、おいしい餡子ができるようにと木べらで混ぜる。

「だけど、そういう気持ちだけじゃ商売にならないのは分かってる。でも、俺にはセンスも企画力も経営力もないらしい」

夢を語っていたかと思えば、急に拓実の話は現実味を帯びる。

「だから、お前を雇ったのは間違ってないんだろうな」

「え」

不意打ちだった。

そんなことを拓実から言われると予想だにしていなかった私は、びっくりして手を止める。

隣を見上げると「おい、ちゃんと鍋見ろよ」と眉間に皺を寄せた拓実がいた。慌てて視線を鍋に戻して、また木べらで混ぜる。

拓実からの言葉がじわじわと嬉しくて、思わずニヤけそうになるのを必死に隠す。

ここで働くことに決めてよかったと、このとき初めて思った。

「そろそろ醤油入れてもいいんじゃね」

鍋の様子を見ていた拓実が、そう呟く。

確かに、もうけっこういい感じにできあがってきたかもしれない。「そうだね」と私も相槌を打って、ポケットに左手を伸ばす。

餡子に醤油を入れるなんて私は初めて聞いたけれど、和菓子職人だった拓実のおじいさんが使っていたなら、それなりにポピュラーな隠し味なのかも。インターネットで調べたら、どのくらいの量入れるか、詳しいレシピが出てくるのでは。

そう考えてスマホに【餡子　醤油　隠し味】と文字を打ち込み、検索しようとしたときだった。

「だいたいこんなもんだろ」

「えっ」

隣から聞こえた声に、嫌な予感を覚えて顔を上げる。が、時すでに遅し。

「あああ！　ちょっと！」

鍋に醤油が入れられたあとだった。

「なんだよ？」

「いや、なんで計量しないで入れるの……」

私の嘆きに、拓実はキョトンとした顔で首を傾げる。

「ばあちゃんはこんな感じで入れてたぞ？」

「そりゃ拓実のおばあさんは目分量で入れてたかもだけど、それは作り慣れてたからでしょ。ああもう、これちょっと多いんじゃないの」

「うっせえな。お前より俺のほうがばあちゃんの味知ってんだよ」

悪びれる様子もなく、むしろ逆ギレしてくる始末だ。

実際におばあさんの作ったあんみつを食べたことのない私が味を調えるよりも、拓実がやったほうが近いものができる。その主張はもっともだけれど、お菓子作りの基本は計量だというのに。

「とにかく、餡子は私がなんとかするから――」

拓実はもう口出ししないで、と続けようとした言葉を飲み込む。

そういえば、もうひとつ作るものがあったんだった。

「……拓実、かぶせ茶を淹れてくれない？　うんと濃いやつ」

おばあさん特製のあんみつにかかっていたという茶蜜は、濃いめに淹れたかぶせ茶ときび砂糖を混ぜて作るらしい。

お茶に関しては、拓実に任せるのが絶対的にいいはずだ。

「まあ、いいけど」

そう言って拓実は、奥の飾り棚から茶器を選ぶ。茶蜜に使うと察しがついているようで、急須も湯呑みも一番シンプルなものを手にとっている。

拓実が釜の蓋を開ければ、ほわんと湯気が上がった。柄杓でお湯をすくい、茶器に注いでいく。作務衣の袖がかからないように添える左手がやっぱり綺麗で、その所作に相変わらず見とれてしまう。

初めてこの店に来たとき、淹れてもらったのもかぶせ茶だった。

あのお茶を飲んだことで私の人生は大きく変わったけれど、ここで働かずにいたら、どんなふうになっていただろう。

ふと考えてみたけれど、この茶屋で過ごす日々が濃すぎて、どんな姿も想像できなかった。

「……なんだよ」

私の視線に気づいた拓実が、ぶっきらぼうに問いかける。

「いや、お茶を淹れる手つきはいつも繊細なのに、どうして醤油は計らずにダバダバ入れちゃうんだろうって不思議で」

「あーあー、うるせえな。お前はもう黙って餡子作ってろ」

「聞いてきたの拓実じゃん」

いつもはイラッとする言い争いが、今日はなんだか少し楽しい。

思わずふっと笑みをこぼした私に、拓実は「なに笑ってんだよ」と怪訝そうに眉間に皺を寄せていた。


「ふむ、無事に仲直りできたのだな」

結局、拓実にも手伝ってもらって餡子を作り終えたのは営業開始時刻の直前だった。

朝一番にやってきたツキヨミさんは、私たちふたりを見て満足げに頷いた。

「ゆっくり話ができたみたいね。いい顔をしてるわ」

「うん、よかったよかった」

シナのおばちゃんとつっちーさんも心配してくれていたのだろう。ツキヨミさんとほぼ変わらぬ時間に来て、カウンター席へと腰かけた。

「別に喧嘩してたわけじゃねえし……」

拓実は少し不満げに呟きながら、急須と三つの湯呑みを選んで温める。

私は煎茶とほうじ茶のゼリーと寒天をひと口サイズに切って、白玉やフルーツと一緒に器へ盛りつけた。粗熱のとれた餡子をトッピングし、かぶせ茶の茶蜜の入った小さな入れ物を横に添える。

「これ、皆さんに教えてもらって作ったあんみつです」

「それを目当てに朝一番に来たんだよ」

カウンターの上に置くと、つっちーさんはにっこりと微笑んだ。

「拓実、私のお茶はちょっと渋めに淹れてくれないかしら」

シナのおばちゃんからのリクエストに、拓実は「そのつもりだっつうの」と呟いた。

餡子と渋めのお茶が好きなシナのおばちゃんは、嬉しそうに頬を緩ませた。

急須と湯呑みに入れていたお湯を捨てて、布巾で拭う。今日のお茶はほうじ茶らしい。茶葉を急須に入れて、拓実は釜の蓋を開けた。

湯気が上がる。作務衣の袖に左手を添えながら柄杓でお湯をすくい、そのまま急須に注ぐ。

拓実のお茶はいつも丁寧だ。お客さんにくつろいでもらえるようにと気持ちを込めて淹れているからだろうか。

「……なに見てんだよ」

ぼんやりと眺めていた私に、ぶっきらぼうな声がかかる。

「やっぱり所作が美しいなあと思って」

私が純粋な感想を述べると、拓実はフンと鼻を鳴らして三つの湯呑みにお茶を注いだ。

「はい、お待たせ」

シナのおばちゃんには濃いめのお茶を渡す。ツキヨミさんとつっちーさんにもお茶を出して、拓実はふうと息を吐いた。

「ありがとう……だけど、あなたたちもあんみつ食べるんでしょう？　自分たちのお茶は淹れなくていいの？」

「確かに」

シナのおばちゃんからの指摘を受けて、拓実はさらにふたつ湯呑みを選ぶ。

「お茶が温かいうちに召しあがってください」

私たちを待とうとしてくれていたお客さんたちにそう声をかけて、私は自分たちが座る用の折りたたみの椅子をふたつ用意した。

「じゃあ、お先にいただくね」

「はい」

つっちーさんの言葉に頷いて、神様たちが「いただきます」と手を合わせるのを見届ける。

キュキュ丸たちが興味深そうにこちらの様子を窺っていたため、小さな器にもあんみつを盛りつけると、ぴょこぴょこ跳ねていた。

「よし、俺らも食べよう」

ふたり分のお茶を淹れてくれた拓実がそう言って椅子に座る。私も一緒に腰かけた。

「いただきます」

手を合わせて、器に茶蜜をかける。お茶を使ったあんみつなんて初めて作ったけれど、大丈夫だろうか。

少し不安になりつつも、まずは餡子と寒天をスプーンにのせた。大きく口を開けてぱくりと食べてみる。

舌の上にはとろっと茶蜜の甘さが広がった。続いて、餡子のどっしりとした甘みがやってくる。隠し味の醤油がきいているようで、コクがあった。

もぐもぐと口を動かせば、寒天がほろりと崩れる。ごくりと飲み込むと、口の中にはまだ茶蜜と餡子の甘さが残る。ただ、かぶせ茶を使って蜜を作ったからか、少しすっきりとした香りが鼻を抜けていった。

もうひと口、今度はほうじ茶で作ったゼリーをすくうと、プルプルとスプーンの上で揺れる。口に入れた瞬間、ふわりと広がったほうじ茶の香ばしさ。控えめな甘さを堪能して飲み込めば、つるっと喉を通っていった。

「葉月、これなかなかいいわよ」

シナのおばちゃんが褒めてくれる。

「きぬ子のあんみつにも近いけれど、これはまた違ったおいしさだね」

パクパクと食べながら、つっちーさんも頷いた。

「うむ、これはなかなかに美味であるな」

ツキヨミさんも二柱に同意するように顎をさすっている。

少し緊張しつつ、隣で食べる拓実に視線を向ける。どう言われるかな、とドキドキしながら様子を窺えば、拓実はゆっくり口を開いた。

「これ、普通にメニューに入れればいいんじゃね」

「え、そうかな」

意外にも素直に褒めてくれた拓実に、口元が緩む。

しかしそんな私の反応が気に食わなかったのか、拓実はむすっと表情を硬くして、こう付け足した。

「ばあちゃんのあんみつにはまだまだ程遠いけどな」

「それは醤油の量が違ったからじゃないの？」

「はあ？」

売り言葉に買い言葉。また口論になりそうだった私たちを「まあまあ」とつっちーさんがなだめる。

フン、と鼻を鳴らして拓実は再びあんみつを食べる。なんだかんだ言いつつもパクパク食べているところを見るに、最初に褒めてくれたのは本心だったみたいだ。

餡子は少しもっさり感があるから、もっと練習しなければいけない。あれだけの手間がかかることを考えれば、市販のものを使用してもいいかもしれない。

自分ではいろいろと反省点が浮かぶけれど、拓実の食べっぷりが予想以上によくて拍子抜けしてしまう。そのあとじわじわと胸の辺りが熱くなった。

キュキュ丸たちも食べてくれたのか「キュキュッ」と鳴いている。ちりん、と鈴の音がしたかと思えば、お塩ちゃんがシナのおばちゃんの膝の上に乗っていた。あんみつを分けてもらったらしく、ぺろりと口の周りを舐めている。

自分の作った料理を誰かにおいしく食べてもらうって、こんなに嬉しかったっけ。しばらく感じていなかった気持ちで胸がいっぱいになる。

「もっとおいしくなるように練習する」

幸せな気持ちを噛みしめながらそう宣言すると、拓実は私から目を逸らし、またひと口あんみつを頬張って「うん」と頷いた。

拓実が淹れてくれた温かいほうじ茶に口をつける。茶蜜と餡子の甘さがすっきりと引いていく。ごくりと飲み込むと、ほうっと息が出た。

「おいしいなあ」

自然と発した感想に、拓実は「あっそ」と不器用な返事をした。

夏の匂いを含んだ風が、少し開いた引き戸から入ってくる。

「これからの季節には、カキ氷なんかもいいかもしれないわねえ」

お塩ちゃんの背中を撫でながら、シナのおばちゃんが呟く。お塩ちゃんは「にゃあ」と同意するように鳴いた。

「庭でキュウリが採れたら、浅漬けにしてほしいかな」

つっちーさんは綺麗になった庭を見て、きゅっと目を細めた。

「ああ、そういえばそろそろ収穫できそうなミニトマトがあったんですよ」

「本当に？　それじゃあこのあと、みんなで採りに行こう」

二日前に見つけた橙色のミニトマトを思い出して伝えると、つっちーさんは目を輝かせる。きっと今日には食べ頃になっているだろう。

「夏といえばスイカ割りではないか？　スイカは育てぬのか？」

ソワソワしながら尋ねてきたツキヨミさんに「それもいいですね」と返事をする。

キュキュ丸たちも楽しみなのか、ツヤッと光った。

ほんの二カ月前には考えもしなかった日常が流れている。

私の〝見える〟体質は今のところ治る気配もない。神様たちとの接し方も、果たしてこれが正解なのか分からない。でも、この日常を楽しんでいる自分がいる。

早まったかと思った決断も間違ってはいなかったようだ。

「葉月」

名前を呼ばれて顔を上げると、拓実が私を見ていた。

「この前スタンプカードがどうのって話してたけど、今日から発行すれば？」

二カ月前よりも信頼されていると感じる。

ムカつくことも多々あるけれど、思ったことを言い合える相手だ。この店主にクビだと言われるまで、あとしばらくはこの店で過ごしてみよう。

「うん、じゃあ作ってみる……んだけどさ」

「なんだよ」

不思議そうに首を傾げた拓実は、気づいているだろうか。

「拓実、初めて私の名前呼んでくれたね」

ポカンと拓実の口が開く。

あ、これは多分、無意識だったパターンだ。

「……は、はあああ!?」

大きな声が店内に響く。

「ばっかじゃねえの、お前の名前とか知らねえよ」

「いや、どんなごまかし方なの。さすがにそれは無理あるでしょ」

「お前は本当に、ああ言えばこう言うな！」

顔を真っ赤にした拓実と私のやりとりを見て、お客さんたちはクスクスと笑った。

――ここは、神様たちが集まる茶屋。

伊勢のおはらい町の路地裏で、ホッと一服しませんか。

完

こぼれ話　小休憩の塩昆布

『ばあちゃん、ばあちゃん！』

ドタドタと長い廊下を走って若草色の暖簾をぐれれば、お茶の匂いがぶわっと香る。深緑色の作務衣を着た丸まった背中にしがみつくと、シワシワの手が頭を撫でてくれる。

『どうしたん、拓実』

そう言って振り向くばあちゃんは、俺と目線を合わせるためにいつもしゃがみ込んでいた。

その優しい表情に、恐怖心が和らいだ。

物心ついたときから、神様たちは俺の周りにいた。長期休みのたびに家族で訪れたばあちゃんの家は古いからか、特に付喪神が多かった。

ピカピカと光を反射させて遊ぶ鏡台の付喪神に、ぎょろっとした目で脅かしてくる傘の付喪神、真っ黒い綿菓子みたいなホコリの付喪神。ひょっこりと俺の前に現れては近づいてくる神様たちが怖くて、よく泣いていたのを覚えている。

『ああ、拓実にも見えとるんやね』

そこにいるのが当たり前の神様たちが他の人には見えていないのだと教えてくれたのは、ばあちゃんだった。

俺にとって唯一の理解者だったばあちゃんは、親戚一同からは変わり者だと言われていた。神様たちとの関わりに夢中で、人の話を聞いていないことが多かったからだ。

和菓子職人だったじいちゃんが亡くなったのは、俺が三歳の頃だという。その後もばあちゃんが神様たち相手に店を営んでいたと知っているのは、親戚の中でも俺だけだろう。毎日せっせと店を掃除するばあちゃんを、大人たちは『じいちゃんとの大切な思い出なのね』と気の毒そうに噂していた。

『怖くないで、拓実。神様たちはばあちゃんの友だちやから』

目尻にシワを寄せて笑い、優しく丁寧にお茶を淹れるばあちゃん。店にやってくるお客さんたちと話す姿は、とても生き生きしていて楽しそうだった。

ばあちゃんが亡くなってから五年。この家を取り壊すという話が出たとき、咄嗟に待ったと手を挙げたのは、あの暖かな空間に憧れていたからだろう。

「あっ、ちょっと拓実」

昔のことを思い返していた俺を遮るように慌てた声がした。顔を上げると、カウンターの向こうで葉月が「もう」と頬を膨らませている。

「お塩ちゃんに塩昆布あげないでって前も言ったでしょ。あれじゃあ塩分過多だよ」

「は？　しお江？」

ちりん、と鈴の音がする。振り向けば、しお江がぺろりと口の周りを舐めていた。挑発するように「にゃあ」と鳴いて、軽やかに家の中へと入っていく。

調理台に置いていた小皿を確認すると、そこに盛っていたはずの塩昆布が忽然と消えていた。

いつの間に食べられていたんだろう。

不覚だと驚く俺に、葉月は呆れたようだった。

「ぼーっとしてたの？」

「うっせえな。俺は忙しいんだよ」

「いやいや、私ひとりに買い出し行かせた人がそういうこと言う？」

これ見よがしに葉月がカウンターにエコバッグを置く。ドサッと重量感のある音がした。二リットルのペットボトルも頼んだのは少し悪かったと思うが、必要なのだから仕方ない。

「そんな置き方すんなよ。キュキュ丸たちがビビるだろ」

「本当に、ああ言えばこう言う」

葉月は顔をしかめて、カウンターの上を転がっていたキュキュ丸たちに「口が減らない店主だねえ」と同意を求めていた。

ばあちゃんの家を譲り受けて、最初に困ったのは掃除だった。定期的に親戚が様子を見に来ていたとはいえ、五年間誰も住んでいなかった広い屋敷にはホコリがたまっていた。幼い頃に出会った真っ黒い綿菓子みたいなホコリの付喪神は、五倍ほどの大きさになり、廊下をのそのそと這い回っていた。

そんな状態の家では、いつ、どこから虫が出てくるか分からない。

恐怖で背筋が凍った俺を救ったのが、ツキヨミさんが連れてきてくれたキュキュ丸たちだった。もともと別の店に住みついていた古いホウキの付喪神らしく、その半数ほどのキュキュ丸に、うちでは派遣という形で働いてもらっている。

「キュッキュッ」

話しかけると反応が返ってくるが、それ以外のときは無心で掃除をしているため、正直とても助かっている。この古い家の中でまだ大物の虫と出会っていないのはキュキュ丸たちのおかげだった。

「キュキュ丸、ちょっと休憩してもいいから」

しお江が舐めた小皿はシンクに置き、新しい小皿に塩昆布を盛ってカウンターに出せば、キュキュ丸たちはツヤッと光りながら集まってくる。

「キュキュ丸たちは休憩かあ。私もこんなに重い荷物持って、疲れたなあ」

「……チッ」

大げさにため息を吐いてカウンター席に座る葉月に、舌打ちしながら茶器を手にとった。こき使っているという自覚はある。お茶くらいは淹れるとしよう。

「やったあ」

「これ飲んだら草抜きな」

釜の蓋を開けて、急須と湯呑みに湯を注ぐ。「げえ」と嫌そうな声が聞こえてきたが無視した。もう夏が近い。庭に虫が増えないよう、こまめな手入れは不可欠だった。

俺が草抜きをしないことに関しては、もう文句をつけるのを諦めたらしい。

葉月は言いたいことを遠慮なく口にするわりに、俺が受け入れがたい内容については強要してこない。そのあたりの距離感が、俺はわりと心地よかった。

「……絶対教えねえけど」

「え？　なんて？」

「うっせえな、なんでもねえよ」

茶器を温めていた湯を捨てた俺に「理不尽すぎない？」と葉月は顔をしかめる。そんな葉月には気づかないふりをして、湯冷ましに入れた湯が適温になるまで待った。

せっかくだから、お盆も用意して茶器を並べた。塩昆布も小皿に盛りつけて出すと、葉月は分かりやすく目を輝かせた。

「やっぱり、こうやってお盆に丁寧に置いてあるといいね」

しみじみと呟く葉月に、フンと鼻を鳴らす。こういう感想を素直に伝えてこられると、なんだかむずがゆい。

砂時計が落ちるのを楽しそうに眺める葉月から視線を逸らせば、窓の外にはばあちゃんがいた頃のような整備された庭があった。紫陽花の蕾がもう随分と膨らんでいる。

神様専用の茶屋をはじめて二カ月。神様たちと、口うるさい葉月の協力があって、なんとか軌道に乗ってきたこの店をどのくらい続けることができるだろう。

せめて、キュウリは収穫したい。できれば、ばあちゃんの好きだった金木犀が香るまではここにいたい。梅の木にうっすらと積もる雪が見たい。そしてまた、春を迎えることができたら……。

「うん。おいしい」

お茶の香りが漂う中、両手で包み込むように湯呑みを持った葉月がほうっと息を吐いた。

「そうかよ。じゃあ、ガンガン働けよな」

「拓実は本当に、なんでそういう言い方になるかなあ」

「お前に言われたくない」

葉月の塩昆布をひょいとつまんで食べる。「あ、ちょっと」と不満げな葉月をあしらって、口の中に広がる塩気と昆布の旨味を堪能するのだった。

完

あとがき

こんにちは、梨木れいあです。『神様のまち伊勢で茶屋はじめました』を手にとっていただき、また最後までお付き合いくださいまして、本当にありがとうございます。

前作『神様の居酒屋お伊勢』シリーズからお読みくださっている方には「あ！」と思っていただけるような場面が、ちらちらとあったのではないでしょうか。私自身も「久しぶり！」と思いながら、楽しく書かせていただきました。

伊勢にはおいしい食べ物がたくさんありますが、お茶もとってもおいしいです。三重県民としては、生産量が全国三位というのが誇りだったのですが、あまり知られていないんですよね。

小学生のときに社会見学で製茶工場に行き、お土産に萬古焼《ばんこやき》の急須をいただき、その後お茶を淹れることにハマって。年から年中温かいお茶をすするような、お茶好きの子どもだったので、こうして伊勢を舞台にした茶屋のお話を書くことができてとっても嬉しいです。

また、作中にも登場したお茶請けは私の大好物です。赤福本店の、五十鈴川が見える席でお盆をいただくときの風情は別格だと思っています。五十鈴茶屋では、見事なお庭を眺めながら、おいしいお抹茶と季節ごとに違うお菓子がいただけるので、何度行っても楽しめます。おにぎりせんべいは遠足にいつも持っていっていましたが、今でも職場の机の引き出しに常備して、バリボリとストレス解消しています。(今回執筆するまで地域性のあるお菓子だと知らず、かなりショックを受けました……)伊勢にお越しの際には、ぜひぜひです。

最後になりましたが、今作を楽しく一緒に作り上げてくださった後藤さま、スターツ出版の皆さま。今回も数々の蛍光マーカーで助けてくださったヨダさま。ほっこり温かなカバーイラストを描いてくださった細居さま。素敵なデザインに仕上げてくださった徳重さま。原稿執筆にあたりご協力くださいました、赤福さま、マスヤさま。そして、この本を手にとってくださった皆さま。たくさんの方にご尽力いただいたこと、心より感謝申し上げます。本当にありがとうございます。

また、お目にかかれますように。

二〇二〇年三月　梨木れいあ

この物語はフィクションです。実在の人物、団体等とは一切関係がありません。

梨木れいあ先生へのファンレターのあて先
〒104-0031　東京都中央区京橋1-3-1　八重洲口大栄ビル7F
スターツ出版（株）書籍編集部 気付
梨木れいあ先生

神様のまち伊勢で茶屋はじめました

2020年3月28日　初版第1刷発行

著　者　　梨木れいあ　

発 行 人　菊地修一
デザイン　カバー　徳重 甫＋ベイブリッジ・スタジオ
　　　　　フォーマット　西村弘美
発 行 所　スターツ出版株式会社
　　　　　〒104-0031
　　　　　東京都中央区京橋1-3-1　八重洲口大栄ビル7F
　　　　　出版マーケティンググループ　TEL 03-6202-0386
　　　　　（ご注文等に関するお問い合わせ）
　　　　　URL　https://starts-pub.jp/
印 刷 所　大日本印刷株式会社

Printed in Japan

ISBN　978-4-8137-0876-6　C0193

この1冊が、わたしを変える。

神様の居酒屋お伊勢

梨木《なしき》れいあ／著

定価：本体530円＋税

常連客は全国の悩める神様!?

伊勢の門前町の片隅に灯る赤提灯。そこは唯一、神様が息を抜ける場所。

就活に難航中の莉子は、就職祈願に伊勢を訪れる。参拝も終わり門前町を歩いていると、呼び寄せられるように路地裏の店に辿り着く。『居酒屋お伊勢』と書かれた暖簾をくぐると、店内には金髪の店主・松之助以外に客は誰もいない。しかし、酒をひと口呑んだ途端、莉子の目に映った光景は店を埋め尽くす神様たちの大宴会だった!?　神様が見える力を宿す酒を呑んだ莉子は、松之助と付喪神の看板猫・ごま吉、お掃除神のキュキュ丸と共に、疲れた神様が集う居酒屋で働くことになって……。

ISBN978-4-8137-0376-1

イラスト／neyagi

この1冊が、わたしを変える。

スターツ出版文庫　好評発売中！！

人気作
第3弾

神様たちもホロ酔う春の夜に
さまざまな恋情も桜咲く…!?

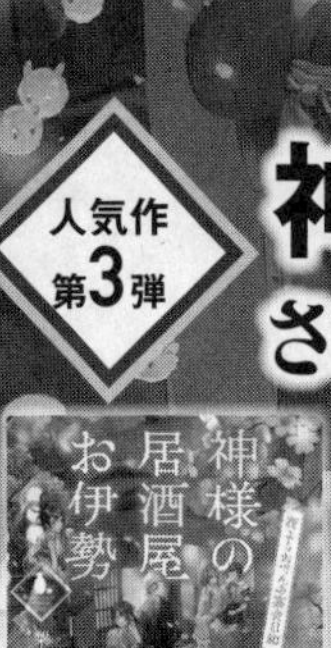

伊勢神宮の一大行事“神嘗祭《かんなめさい》”のため、
昼営業をはじめた『居酒屋お伊勢』。

毎晩大忙しの神様たちが息つく昼間、店には普段は見かけない“夜の神”がやってくる。ミステリアスな雰囲気をまとう超美形のその神様は、かなり癖アリな性格。しかも松之助とも親密そう…。あやしい雰囲気に莉子は気が気じゃなくて──。喧嘩ばかりの神様夫婦に、人の恋路が大好きな神様、個性的な新顔もたくさん登場！大人気シリーズ待望の第3弾！莉子と松之助の関係にも進展あり!?

ISBN978-4-8137-0669-4

イラスト／neyagi

スターツ出版文庫　好評発売中!!

『こころ食堂のおもいで御飯～あったかお鍋は幸せの味～』栗栖《くりす》ひよ子・著

結が『こころ食堂』で働き始めてはや半年。“おまかせ”の裏メニューにも慣れてきた頃、まごころ通りのみんなに感謝を込めて“芋煮会”が開催される。新しく開店したケーキ屋の店主・四葉が仲間入りし、さらに賑やかになった商店街。食堂には本日もワケありのお客様がやってくる。給食を食べない転校生に、想いがすれ違う親子、そしてついにミャオちゃんの秘密も明らかに…!?　年越しにバレンタインと、結と一心の距離にも徐々に変化が訪れて…。

ISBN978-4-8137-0834-6 ／ 定価：本体630円＋税

『一瞬を生きる君を、僕は永遠に忘れない。』冬野《ふゆの》夜空《よぞら》・著

「君を、私の専属カメラマンに任命します！」クラスの人気者・香織の一言で、輝彦の穏やかな日常は終わりを告げた。突如始まった撮影生活は、自由奔放な香織に振り回されっぱなし。しかしある時、彼女が明るい笑顔の裏で、重い病と闘っていると知り…。「僕は、本当の君を撮りたい」輝彦はある決意を胸に、香織を撮り続ける——。苦しくて、切なくて、でも人生で一番輝いていた２カ月間。２人の想いが胸を締め付ける、究極の純愛ストーリー！

ISBN978-4-8137-0831-5 ／ 定価：本体610円＋税

『八月、ぼくらの後悔にさよならを』小谷《こたに》杏子《きょうこ》・著

「もしかして視えてる？」——孤独でやる気のない高２の真彩。過去の事故がきっかけで幽霊が見えるようになってしまった。そんな彼女が出会った“幽霊くん”ことサトル。まるで生きているように元気な彼に「死んだ理由を探してもらいたいんだ」と頼まれる。記憶を失い成仏できないサトルに振り回されるうち、ふたりの過去に隠された“ある秘密”が明らかになり…。彼らが辿る運命に一気読み必至！「第４回スターツ出版文庫大賞」優秀賞受賞作。

ISBN978-4-8137-0832-2 ／ 定価：本体600円＋税

『その終末に君はいない。』天沢《あまさわ》夏月《なつき》・著

高２の夏、親友の和佳と共に交通事故に遭った伊織。病院で目覚めるも、なぜか体は和佳の姿。事故直前で入れ替わり、伊織は和佳として助かり、和佳の姿になった伊織は死んでいた……。混乱の中で始まった伊織の、“和佳”としての生活。密かに憧れを抱いていた和佳の体、片想いしていた和佳の恋人の秀を手に入れ、和佳として生きるのも悪くない——そう思い始めた矢先、入れ替わりを見抜いたある人物が現れ、その希望はうち砕かれる……。ふたりの魂が入れ替わった意味とは？　真実を知った伊織は生きるか否かの選択を迫られ——。

ISBN978-4-8137-0833-9 ／ 定価：本体630円＋税

書店店頭にご希望の本がない場合は、書店にてご注文いただけます。